文春文庫

女は太もも

エッセイベストセレクション1

田辺聖子

文藝春秋

目次

エッセイベストセレクション1

女は太もも

――女のムスビ目――

私の住んでいる場所（いま、こうやって書いているところ）は、神戸の下町である。

神戸ったって、ハイカラでモダンな所ばかりとはかぎらない。このへんみたいな、がらがらした下町もあるのである。

ウチの前をストンと南行《さが》ると（神戸では浜へ向けて南へいくことをサガル、という）、かの有名なる福原遊廓のどまんなかの柳筋になる。故に、わが住む町は、夜中まで嫖客《ひょうかく》の足音が絶えぬ、パトカーのサイレンが鳴る、H会や、Y組のチンピラがうらのアパートでケンカする、福原の三流バーのホステスが買物籠を下げて、うろうろしていて、長雨になると沖仲仕《おきなかし》のおっさんがしかたなく朝から酒をくらって歌っている声がきこえる、そういうところで、角《かど》っこに清元温泉がある。

大将が清元が好きなのか、はたまた、元来そういう名前なのか、ともかく、そういう風呂屋（銭湯）がある。

だいたい、この町は気風闊達《かったつ》と見えて、風呂屋へいくのに男は夏はステテコ一丁、冬はパジャマ、あるいはねまきにチャンチャンコ、というふうでいであるのだ。かえりにねまきを着るなら、さもありなん、だが、行きにすでにねまきを着てゆくのだから、この町の住民がいかに物に捉われない生き方をしているか知れるというもの。

家の前、清元温泉を東へいくと、湊川《みなとがわ》神社になって、要するに、われわれは湊川神社の氏子というべきなのだ。誠忠無比の忠臣の余香を拝する地域に住んで、ねまきで風呂へいくというのは、申しわけないようであるが、楠公サンというのは、神戸市民にとっては及びもつかないこわい神さまではなく、たいへん親しみのある人なので、住民もその親しさに狎《な》れて、楠公サンの思惑を意に介《かい》してる風はない。湊川（つまりこの町内のごくちかく）、は楠公サンが戦死した場所なのである。

ところで、風呂の中で大ぜいの女が入って何の話をしているのかと男は思うだろうが、男の思うほどの話は出ないものである。たとえば清元温泉でなくて、ほんとの湯治場の温泉へいくとする、かなりリラックスしていても、男ほどのことはない。男はうちつれて温泉なんかへいくとする、そしてまた、うちつれて風呂なんかへ入ると、もう、何をしてるかわかりはしない。何の話をしてるか、神のみぞ知る、である。リッパな紳士（彼はすぐれた音楽家でした）が風呂の中で同行の紳士連と何かのコンクールをして（何のか知りません）熱中のあまり、湯舟へボチャンと落ちた、なんてことを話すのをきくと、うらやましいくらいのもの。

女ははだかになっても、そんなあけすけなことはなく、気どっている。同性同士でも気どっている。いや、同性だから、よけい気どってるのかしらん。ちょこちょこッとうまくかくして洗い、相手より一秒でも早く湯舟に飛びこもうとしたりする。相手も、湯舟からしげしげ観察されたりしてはかなわないので、負けずに飛びこむ。そうして上るときは申し合わせたようにサッと同時に上ってあわてふためいて拭き廻して、噴き出る汗をぬぐいもあえず、スリップに頭をつっこんだりしている。べつに見せたってちびるもんでもないのに、同性に見せ惜しむ。その割に電光石火の一べつを投げあって、（だいぶん下腹が出てるわ）とか、（あんがい、しなびてるじゃない）などと、ぬからず要所要所を看破してるらしい。

そういう、かくし廻ってる所から、たいした話はでるはずないが、どうも、それは、女の習性みたいなもので、私は女がかくしたりウソをついたりの元兇は、月々のちょっとした例のアレから来てると思う。

「いいですか、決して人に気取らせてはいけませんよ、何でもないように身じまいよくして、お便所を出るときも汚していないかよくよく気をつけて、スカートにも汚れはないか気をくばって」

と、母親や女教師から何くわぬ顔をしつけられる。女は図太く、モノをかくすようにかくすようにしつけられて、神秘めかしく大きくなってゆく。同輩うちつれて風呂へはいり、何かのコンクールをして熱中して湯舟へ落ちるなんて、朗々たることができようはずはないのである。何となくウサンくさい、ウソつきの、かくしたがりに育っちまうのである。

だから、初夜体験なんかでも、ほんとのことを話してる人、あるのかなあ、と私は疑問に思う。男の話をきいていると、彼らはそれまでの人生で、たいてい一つ二つのまがり角というか、ムスビ目のコブをもっている。戦中派だと、たとえば、敗戦のショックとか、学生運動の挫折、なんてことをいう。

しかし女には、そんなものがない。

男はムスビ目があるかんじで、女はそれがなく、ツルンとしている。

そこがふしぎ。中には、戦中派の女や戦後派の女、たまに男と同じことをいいたてる人もあるが、少なくとも見たかんじは男ほどではないみたい。女の、そういうムスビ目は何だろう？　と小松左京氏にいったら、彼はさも嬉しそうに、

「そら初夜体験やんか」

と答えていた。しかし、思うに、女にとっては、それもムスビ目になり得ないことが多いんじゃないか。小松ちゃんにかぎらず男はみな、そういいたがるようだけど、どうかなあ。

それより、女は、実際の体験よりも、そういう知識を仕入れたときのほうが、ショックが大きくて、ムスビ目になっているのかも知れない。どんなにおぼこなお嬢さんでも、もう私たちの時代から、知識の方が実際体験より先行していた。そういうことは、どの女のひとだってあると思う。本で読んだり、友人がしゃべったり、ということがあるでしょ。

私のときは旧制高等女学校三年生でした。仲のいい、ちょっとヌケた親友が、近所のおばさんからその知識を仕入れてきた。みんな一しょの所ではいいたくない、と彼女がいうので、四、五人でじゃんけんして、順番をきめて一人ずつ、耳打ちしてもらった。

そのときの私の感想をいうと、長年の疑問、一時に氷解、というていであった。それでもまだ六十三パーセントぐらいはウソだと思っていた。なぜなら、戦時下の女学生として、私は尊崇のまとであった忠臣・楠木正成までそんなことをしたとは絶対に信じられなかったからである。

「そら、マサシゲさんかてしたはるわ。マサツラさんがいてはるもん」

と友人は断定した。

いま正成さんの氏子になって私、感無量である。

―いらう女―

私は、女は浴場の中においても、同性の目にさえ裸身を触れさせぬようにコソコソとかくし廻っていると書いたが、もちろんそのかぎりでない、威風堂々という、すごいのもいるわけである。

彼女らが礼儀にはずれているとはいいがたい。

ちゃんと手拭いなりバスタオルなりを、前にあてがっている。

それからお湯にはいるときもちゃんと掛り湯をしてはいる。

湯をかぶるときはしゃがんでかぶる。

石鹼の泡やとばっちりを周りにかけたりしない。

あらゆる点において、日本女性のつつしみを守っている婦人たちである。

どこが威風堂々かというと、女性の部分をじつにていねいに洗う。たいがい、これ、三十代四十代の婦人である。十代二十代の女性はそそくさと洗う。年代は上でも、未経験の婦人もまた、いいかげんに、洗う。ハズカシソウに洗う。

五十代六十代の婦人は、これはもう、適当に、という投げやりさで、枯淡の境地に達した洗い方をする。

私は、女性の通例により、自身は湯舟に身を沈めつつ、じーっと、同性の行動を観察することにした。

つまり、要約すると、現役の婦人がいちばんていねいに洗うみたい。候補生、新兵といった若々しい未経験の連中は、勝手がわからないので、あんまり立ち入ったことはできません、というふうな洗い方に見える。何かさわるのも怖いみたいである。

退役将校在郷軍人といったおもむきの老婦人は、どうちゅうこと、ない、という風情に洗う。現役の婦人が威風堂々として見える所以《ゆえん》である。

その現役世代の中でも、子持ちと、そうでないのとでは、前者のほうがより威風堂々と洗うみたい。

その洗い方は片方で湯桶の湯をそそぎつつ片方の手で丹念に触る。こういうときの大阪弁にはじつにぴったりしたことばがあって、「ていねいにいろてはる」というのである。「いらう」あるいは「いろう」には、触れる、という意味と、弄《もてあそ》ぶ、という意味があるのである。ちょっといやらしい語感である。

おもむろに「いろうて」心ゆくまで湯をかけて、のッしのッしと歩き廻る、そういう彼女たちを見ていると、同性ながら畏怖《いふ》の念に打たれざるをえない。

いつか、ある雑誌の投稿句にこんなのを見たことがある。

「幾たりも子を生み夜の海泳ぐ」

まことにものすさまじいような人生である。子供を生む、ということは女の性の究極であるから、子供を生むか生まないかで、女のひとは、あの一線を飛びこえるように思う。怖いものなしの境地になり、丹念にいらうことができるのである。そのときの顔つきは、無念無想で、宮本武蔵が、巌流島へ向うときのような感じである。

……私は、自分がいかに中途はんぱな、至らない女であるかを、思い知らされずにはいられない。私は結婚しているといっても子供も生まず、家庭もちといっても、女房の仕事もろくにせず、さればといって、たいした才能があるわけでなく、要するにちゃらんぽらんで宙ぶらりんで、いいかげんな存在で、生きててもハタ迷惑なだけの女ではあるまいかと、みずから省みて愧《は》ずるところ多大である。

私としては、紫式部の再来みたいな才女になるより、スカスカと幾たりもの子を生み、夜の海をはだかで泳ぎ、風呂では丹念に湯をかけて十分くらいも「いらう」ことのできるような、威風あたりを払う女になりたいのである。なりたいのであるが、人には向き向きというものがあるから仕方がない。

ところで、男から見て肉感的な女、というのがある。これ、女にはよくわからぬ。私は身近にいていつもよく話相手となる男の一人にたずねる。彼をとりあえず、「カモカのおっちゃん」と名づける。なぜなら、彼、とても怖い顔をしたヒゲ面の男であって、私はちっちゃいとき、悪戯《いたずら》をすると「カモカのおっちゃんがくるデ」と脅された。カモカは大阪弁でいうと「咬《か》もうか」のことである。大口あいて、「カモカー」と子供を襲う、人外のバケモノである。彼はそのイメージにソックリである。

「肉感的な女の人て、たとえばどういうのん?」私は唐突にきく。

「そうですな、倍賞美津子ていいますね、あんなんです」彼は考え考え、いう。

「ふーん、私ら、姉さんの千恵子の方が好きやけど」千恵子さんは清純スターである。

「いや、断然、美津子です。それから、西田佐知子いうのん、居ますね、あれです」

「ふーん、そうかなあ」

よく納得できぬ。カモカのおっちゃんは四十七歳で、住民登録にちゃんと書きこめる職業をもっている平均的日本男性の一人である。だから彼の意見も平均的ならん。

西田佐知子や倍賞美津子のほかに、いろいろ彼は例をあげた。しかしどれといって、共通点あるように思えぬ。私は人形のように可愛いスターやタレントが好きであるが、男はそれをしも肉感的とは思わぬらしい。ついに私は一つの共通点を見いだした。カモカのおっちゃんの上げる例を見渡すと、何かしら、淫靡《いんび》な、(かといって不健康というのではない)色合いがある。

何かしら、神秘めかしいくせに、そのくせ威風あたりを払うところがある。

つまり、「いらう」女なのである。(といって、倍賞さんや西田さんがそうだというのでなくて、一つのイメージの例であるからご海容いただきたい)

風呂にはいってくる、そのさまはいかにもしとやかである。しゃがむ、片っ方でお湯をかけながら片っ方で丹念に洗う、千軍万馬の古つわもののごとく、一騎当千のサムライのごとく、半眼にとじ、勝手知ったるごとく、よく使いこんで磨きのかかった手馴れの道具のごとく、愛着こめて洗ってる、その姿には犯しがたい貫禄があるのである。いらう女が全部肉感的なのではないが、肉感的な女は、たいがい、そんな感じがある。現役のバリバリという感じがある。

―愛のオシバイ―

女は何故に花嫁衣裳をまといたがるか。

それは、女がオシバイが好きだからである、小っちゃな女の子を身辺にもっていられる方はきっと、ご覧になったことがあると思う、女の子は三つ四つぐらいからママの着物をひきずって頭に何ンかくっつけて「おヨメさん」になったり「おひめさま」になったりするのが大好きである。女は生まれおちるときから死ぬまで、オシバイを好む動物である。

雰囲気第一、という人種である。

舞台装置をちゃんとして、その中でスターの如くふるまいたいのが女である。

芝居っけがなくちゃ、生きていられない。

ムードに酔うのが大好き。

結婚式は一生一度の大芝居である。高島田に振袖、はたまたまっ白いフワフワのレースのウェディングドレス、うしろには金屏風、花と酒とご馳走、ミンナコッチ見テハル、ワー、この感激。女はもう、死んでもいい、なんて心中、思っている。最高の瞬間。

この瞬間、女のあたまには、結婚式にうちつづく晴れの新婚旅行、その夢のような数日、そのことしか、あたまにない。というよりそこでプツンと意識はたちきられている。豪華な花嫁衣裳と、新調の旅行着と花束、そんなものでもうあたまはいっぱい。

しかし花婿は男である。男は実質的でかつ現実的である。彼はオシバイの本質を見ぬいてるのである。これは、今晩寝るための披露だなんて思うであろう。だから男はモーニングを着て、はずかしそうにてれくさそうに、間がわるそうに笑ったり面映ゆそうにしているであろう。列席者がひやかしはせぬかと、男は顔が赤くなるであろう。彼は結婚式というものは寝るための手続きだと思っているから、こんな大がかりな猿芝居を見せることに抵抗をかんじ、冷や汗をかくであろう。

旅行に出発してホテルへ着く。オシバイの第二幕。ここはぜひ、クナシリが見えたり、山に霧が流れたり、海に夕日が落ちたり、という背景がなくてはかなわぬ。

まちがっても廃品回収業の作業場が見えたり、漫才小屋の楽屋口へ出前のドンブリがくるのが見えたりしてはいけない。オシバイというものは美しくなくちゃ。美しい背景の中で、最初の愛の夜はもたれなければいけない。

女はみんな、そう思ってる。

しかし世の男のことごとくがオナシスではないから、いつまでもぜいたくな背景はつくることができない。生涯に数日のオナシスごっこである。

けれども女はべつにホテルや飛行機の中だけがロマンチックとはかぎらぬと思う、せまいながらも楽しいわが家、団地の2DKだって愛のオシバイの道具立てはそろうのだ。ほんのちょっぴり、男がロマンチックなお芝居っけを出し、口うらを合せて愛のむつごとをささやいてほしいと思う。

しかるに男はどうか。ねぐらのアパートへかえると早いとこ自分のペースをとり戻して地金をあらわす。そうして、いつまでも台所を片づけてる女に業を煮やし、

「オイ、何しとんねん、ええかげんにして、早よおいでェな」

なんて恥も外聞もなく、むくつけき声で寝床からよび立てたりして、女から見ると幻滅もいいトコ。

女はたとえアパートのひと間であろうが、やっぱり芝居っけがある風情にして、そのかみのおひめさまごっこみたいに、アラビヤンナイトに出てくるような透ける寝まきを着たいときもあろうし、電燈の笠の色まで配慮したいだろうし、床《とこ》まき香水で室内をくゆらせようとも思うであろう。

しかるに男ときたら、たいていの男は、

「あほ、何しとんねん、ゴチャゴチャ、けったいなことするな」

と叫ぶであろう。

「だって、やっぱりムードが……」

と女はさからうであろう。しかるに男は、

「ムードがどや、ちゅうねん、こっちゃ、忙《せ》いとんねん、ムードもハチノアタマもあるか！」

などとわめくであろう。ほんと、男ってどうしようもないね。人間とも思えない。

こういう手合いはまた、ソノ気になると、女房がトイレ掃除していようと毛糸パッチを編んでいようと、せまい2DKの台所で味噌汁つくっていようと、おかまいなく襲いたがるであろう。しかし女としては、いかにもよおせば、とて、台所の板の間に背中を押ッつけられたりしたら、怒り心頭に発する思いであろう。いろいろと都合もあるし、心の準備もあろうというもの、あまりにも原始的、野蛮的ではないか、まだしも類人猿のほうがつつしみがあるのではなかろうかと、女は男をあじけなくも思い、軽蔑もするであろう。お芝居っけのない、ということは、もうどうしようもない、不粋で、殺風景で、心あさいことであります。少なくとも教養ある紳士とは申せない。

されぱといって、お芝居っけばっかりで、実質のともなわないヘナチョコ男は、これまた、女には怒りと軽蔑のまと。

女は思う、例のことはお芝居っけで包んでこそ、たのしくも美しくなるのであって、どっちが欠けてもダメである。しかし男はそこんとこ、ちーともわかってくれない。

つまり、お芝居っけというものは、エゴイストではもてない。心が浅いともてない。せっかちではもてない。ゆとりがないともてない。日本男児に欠けたるものばかりだよ。

目を血走らせて、たえずカッカしてるような男では、あかんのであります。

世の日本男児は、たいがいエゴイストである。お芝居っけはてんでなし、はじめにないものが、あとであるわけがなく、コトがすむと、てのひら返したごとく、

「オイ、窮屈だ、あっちへいけ」

ポーンと女房の体をほうり出して、自分はもう高いびき。人間は何のために結婚するのかと、女はこういうとき、哲学を強いられるであろう。団地の窓なんか見てると深夜、女がひとりカーテン絞って淋しそうにつまらなさそうに考え深そうに外をのぞいている。

これは、ほうり出された奥さんである。

——男って、ほんと、ヘンな動物！

——男の欲望——

イヤー、このあいだ、私はひどい目にあっちゃった。

私、毎日放送へナンかの仕事でいった。何のときだったか忘れた。この間といっても、ちょっと前、半年ぐらい昔である。

毎日放送は千里の万博会場横にあって、名神ハイウエイを使っても私のウチから（というのは神戸の下町荒田町から）小一時間はたっぷりかかる。

かえりに車をよんでもらった。私は一人で乗った。

ちょっとおトイレにいこうかと思ったが、気の張る人が見送りに出ていられたりして恥ずかしくていい出せなかった。そうしてそのままタクシーに乗った。それがまちがいのもとである。

だんだん、私は辛抱たまらん状態になってきたのである。

名神ハイウエイで、「P」へ車をとめてもらおうかと思ったが、私は運転手サンに気がねしてはずかしくてどうしてもいい出せなかった。そのうち、車はスコスコと快調に走りつづけて阪神高速の西宮へかかる。阪神高速へ入ってはお手あげである。もうパーキングする施設はない。

私は腰を浮かしてなるったけ、車体の動揺が体にひびかないように工夫した。顔が青くなってきそうな気がする。しまいに胸がいっぱいになって来て、涙が出てくる。どうしてこんな馬鹿に生まれたのだろうとかなしくなる。毎日放送を出がけに「ちょっと」といえばすむことなのに。モウダメダ！　と何度も思った。目がかすんであたまはクラクラする。ここでひと思いにしたろかしらん。

車内が大洪水になったとて、弁償すればすむであろう。私の膀胱が破裂することを思えば、金で片付けばやさしいことではないか。――しかし、私がタクシー内を洪水にしたということはたちまち、毎日放送の悪友どもに知れわたるであろう。タクシー会社はたぶん、そんな悪質な客を乗せたというので、毎日放送にまで慰藉料を請求するだろうからである。――私は、窓から放出しようかと悲壮なことも考えた。しかし、私は不幸にも、それに適した体の構造をもっていないことに気付いた。

今は手の打ちようがない。残る方法はただ一つ、私の健康を犠牲にしても、私の名誉とプライドを守ることである。私は把手をにぎったり、シートのレザーをつねったりして、必死にがまんする。その間、運転手サンはいつか、高名な野球選手を乗せた話を気楽そうにしていた。その選手はとてもいい人で、タイヤのとり替えを快く手伝ってくれたそうだ。それをきくにつけても、私は決して粗相があってはならぬと、かたく心にきめた。ヒャー、この間のせたオバハンは、けったいな奴でしたワ、などと、運転手サンは次の客にしゃべりはせぬかと懸念されたからである。

車の中で、洩らしよりましてん、などといわれては、日本文藝家協会全会員の恥のみならず、オール日本の女性の恥である。

運転手サンがおもしろい話をしても、私は笑えない。笑うと堰《せき》が切れそうな気がする。一たん堰が切れたら、もう、あとは知らん。どないなるか、わからへん。

私は無念無想、厳粛荘重な顔でいる。そうしてお尻を浮かして両手で支え、ガンガンひびくあたまと、刻一刻、ハチきれそうになってくる何か（それは何か、としかいいようのないモノすごいエネルギーである。最初はごくかすかな感じから、ついには大爆発を予知させる、あるいは太鼓を乱打するごとき、自然のよび声である）に必死に堪えていた。

その日にかぎって、また、長いのだ、道程が。

京橋で阪神高速を下りたら、ひどい交通渋滞、全神戸の車がこぞって、京橋近辺へあつまったとしか思われない。前後左右をとりかこんだ車は、ことさら私の苦境を知って意地わるをしているとしか思えない。もうどうなったって知ったこっちゃない、私が洪水を起したとて、この交通渋滞をよう捌《さば》かん生田警察署長ならびに神戸市長がわるいのだ、と、決心したとたん、車がうごき出した。もう少し辛抱しよう、刻一刻となつかしいわが家のトイレは近くなるではないか。また、次の信号で渋滞。いまはこれまで。侍が刀の鯉口切るというのはこうもあろうかと決心したとたん、またスタコラと車は走り出す。また辛抱する、ついに家について、そのあとは諸人のつぶさに身に沁むことであるから略す。

はればれした顔で、あらためて、ただいまァ……と部屋へ入っていったら、家人はことごとくおどろいていた。泥棒にしてはへんな奴だと思っていたそうだ。

後日、私はこのことを、友人のカモカのおっちゃんにいってみた。

カモカのおっちゃんは、しばし半眼にとじて酒を飲んでいたが、やおら盃を置

き、

「その、堰《せき》が切れたときは、さぞ、うれしかったやろうねえ」

「堰が切れた、というのは、その、サーッと」

「さよう、滝つ瀬のとき」

「それは、もう」

「スッとしたやろうねえ」

「それは、もう」

「あとは光風霽月《こうふうせいげつ》……」

「それは、もう」

「心気晴朗、真如の月を仰ぐような、悟りきった、おだやかな、ハレバレした心地……」

「それは、もう」

「つまり、それですな」

「何が、ですか」

「男が、すんだあとです」

私は男のひと自体、わからない。まして男の性については、全くわからない。

そういわれても、そうかなあ、とおぼつかなく類推するだけである。

「男の欲望というのは、まァそんなもんに似てるのんとちゃいまっか。その気になると目がくらんであたまカッカして、ほかのこと考えてられへん、ワーっというエネルギイですな。発散したあと、スカッと道心をとり戻します。ちょっとはわかりましたやろ」

わかったような、わからぬようなタトエである。

女の性欲

男の性を研究したからには、女の性について触れなければ片手おちであろう。

「女に性欲があるかないか？」

これは男性の一大疑問であるらしい。

わが親友、カモカのおっちゃんは平素、

「女には欲望なんて、ないのんとちゃいまッか？」

といっている。それでなければ、或いはオール女性、糖尿病ではないかという。

何いうとんねん。

女にもあるのである。

ただし、女の性欲は全人生に汎渉《はんしょう》していて、男性のように狭く深く凝固した性ではない。

われわれ女が、男性作家の小説を読んでいて、時折、不信感をもつのは、女性の欲望を男性のソレと同列に論じておられる点である。「今昔物語」に奇妙な話がのっている。ある男が旅の道中にわかに淫心きざし、あたりを見廻したが畠のまん中でどうしようもなく、彼はせっぱつまって、カブラをひっこぬき、刀でえぐりとって穴をあけてすませたというのである。そういう、「辛抱たまらん」というところが女にはないように思う。女が男を強姦したなんてことがないのは、あながち体力や体の構造だけのせいではないのである。

それは能動的な淫乱女というものも万人に一人二人はいるであろうが、男性作家がよく書かれるような、未亡人やハイミスがどうして処理しているか、などという考えはバカバカしいかぎりである。畠のカブラをひっこぬいて、穴あけて用を弁ずるような、待ったなしの男の欲望では、「どうやって処理するか」が興味のまとにもなろうけれど、女はかならずしもそこへ落ちてゆかない。滝口は一つでなく、ひろく全人生に万遍なく、だから女の欲望は直接行為よりも、それをひきおこす環境、状態の充足が目標になるのである。

プロスティテュートはともかくとして、ごく普通一般の女たちは、やはり全人生的性生活をしたいと願うのである。つまり、恋愛、結婚、妊娠、出産、育児、すべてを志向する性である。女の性は究極的に、磁石の針が北を指すように、ひたすら子を産む、ということをめざしているかに思われる。そのための巣造りの本能として雄を求めるし、餌を運んでもらう必要上、雄をずっと必要とする。蒸発なんてされちゃ、巣は干上ってしまうから、クサリをつけて縛っといたりする。

女の性も、時としてあたかも、「辛抱たまらん」ように見えることはあるかもしれない。しかしそれは必ず、心理的に充溢《じゅういつ》されることを求める深層意識があると思う。どんなゆきずりのハプニングな浮気だって、性的充足だけで成立するとは思われない。

それからして、女はやはり結婚が安心立命の基盤となるのであろう、女という女、「結婚して下さい」という男のプロポーズで、たいがいホッとして、

(一丁あがりィ!)

と心に叫ぶであろう。それをきくために女の性はあるのであって、たんに男と性的結合する、小さい閉ざされた一点だけではないのである。女は、わが性をみたさんがため、奥さまと呼ばれたがる。奥さまとわが名呼ばれん初しぐれ、ただし、それは、(これで毎晩男と寝られる)というような、即物的なみみっちい根拠のせいではないのである。男は一瞬に排泄《はいせつ》したらそれで終る性だが、女はじん

わり、ゆっくり、ずーっと、ながあく、そろーっと開花してゆく性であって、つまり、夫をもち、子供を産み、それを育て、世の中へおくり出す、それらすべてが、性なのである。

性は、女にあっては、ベッドの中だけじゃなくすべてに分散拡大し、とりとめもなく、放恣《ほうし》にひろがってるものである。

たとえ、未亡人やハイミス、つまり男と共ずみしていない成人の女たちが、性的飢餓感になやまされているとしても、それは「処理」してすむものではなく、もっと大きな心の欠乏感がいやされないと、埋まらないものだ。

女は生まれながらにして、大きな大きな心の空洞をもっていて、それが女を故しらぬ欲求不満にし、ゆううつにし、不平家にする。それは男と大っぴらに愛しあい、大っぴらに子供を産み（つまり、現代の社会倫理では結婚という形態を採ること）、大っぴらに育てることで、みたされる。――だからそういうものと切り離して、たんに性欲だけで畠のカブラにわが身を押しあてるなんてことはあり得ない。

あるかもしれないけど、ほんとに彼女が求めているのはそういうことではないと思う。

女の性は遠寺の鐘みたいなもので、陰にこもってものすごく、ボーン！　という感じ、陰々滅々たる余韻《よいん》が、波のようにゆれうごいて、いつまでも消えない。だから、男がちょいと女をひっかける、なんてことをするのは罪深いのである。女は手すり足すりして寄ってくる。

さっき、充分、満足させたったやないか、何をまだ不足いうとんねん、男はみんなそういって女の欲深にあきれるが、女の性的充足は、たんに凸凹《でこぼこ》が合ったり離れたりするような単純幼稚、簡単浅薄なものではなく、その男をじわーっとクモの糸にからめて、子供をつくり巣をいとなむ、その長い期間の充足にあるのだ。一ぺん二へんの離合集散で、すんじまう男の性とは根本的にちがう。わかったか。

性、それは男にあっては注射液ほどのわずかなエッセンス。

女にあっては、うがい薬ほどにもうすめてたっぷり使うもの。

あるいは男にとっては一滴の香水。

女にとってはシャワーでふんだんに浴びるオーデコロンみたいなもの。

ひろく深く、どこもかしこも性だらけ、それが女の性なのである。

だから、見栄っぱり、うそつき、ヤキモチその他、もろもろの女の悪徳も性の一部にすぎないのである。

それを矯《た》めてなおそうなんて、まあ、無理であろう。それは、女が女であることを止めよというようなものですからね。

「ほな、女に教育はいらんことですな、どうせなおらへんもんやったら」

とカモカのおっちゃんはいう。

うるさい。男は黙ってカブラでも抱いておれ。そして女にしばられておれ。

――淫風――

わが友、カモカのおっちゃんによれば、女のよしあしをきめるポイントはただ一つ、

「抱く気がおきるか、おこらんか」ということだそうである。

「その抱く気、というのは、若いとか、セクシーなグラマーとか、美人とか、そういうときにおきるのですか」ときいたら、

「イヤ、それにはかぎりまへん。ま、それも大いに勘考されるが、それだけやない。より以上に、その女のもつエスプリ、いいまンのンか、人間味、愛嬌度などが重大な要素としてプラスアルファされますなあ」

「ええ年してロマンチックやな」

「ええ年やから、ロマンチックになるねん」

「たいがいの男て、女やったら誰でもええのんとちがいますか」

「そら、そんなもんやない。ハタチ代ならともかく、人間、四十代になると、若うてきれいやったらええ、というわけにいかん」

「男って気むずかしいもんね」

「いや、男は精神的なんですわ。まァ、例えば女学者の中根千枝女史なんかゼヒ抱きたい」

「なるほど」

「あの人はいうことも書くことも面白いし、笑い顔なんか天下一品、ものすごう可愛らしい」

中根サン、痴漢に気をつけてェ！　神戸へ来たら貞操の危機よ、狼がねらってます。

では女が、男のよしあしを定めるポイントは何だろうか。

よしあしというより、少なくとも私にとって好もしい男、男らしい男、あらまほしい男、男くさい男、の基準は何だろうか。

「私、思うに、その男のプライベートな時間の顔や姿を想像できる、そしてこっけいでもなく、違和感もない、そういう男が好きですね」

「プライベートというのは、トイレでしゃがんだり、足を拡げてつっ立ったりしてるときですか？」

「バカ、もう一つのプライベート、つまり閨房《けいぼう》の中にきまってるでしょ」

男はいろんな場所で、シャカリキに仕事している。

この世の中、やはりまだ、フマジメ人間よりはマジメ人間の方が圧倒的に多いらしく、男たちはおおむね、生業にいそしんでいる。

壇上で獅子吼《ししく》する政治家、長距離トラックの運転手、声を嗄《か》らしてる競馬予想屋、テレビで汗かいて歌ってる歌手、地下鉄掘ってる出かせぎのオッサン、葬式の最中にしつこく取材して水をぶっかけられてる週刊誌記者、みな、けんめいに仕事にうちこんでいる。

その、仕事にうちこんでいる顔と、こうもあろうかと想像する夜の顔が、ぴったり重なって不自然でない、そういう男が好き。

「しかしそら、想像したらみんな、そうとちがいまッか？」

それがちがうんだ。

どうしたって、プライベートなときの顔や姿が想像できないタイプの男がいる。

あんまり自分を出さず、注意ぶかく慎重に、言動をつつしみ、非のうち所もない世渡りをして、腹の底の知れないような男。

また、想像しただけで、こっけいになり、おかしくなるタイプの男がいる。威張り返って、説教するのが好きで、張りボテの威厳に身を包んでいる男。

また、かりにも夜の顔や、プライベートな姿態など想像してはいけないような、むしろ想像した自分を恥じなくてはいけないような、いや、この人にかぎってそんなことあり得ないと信じたいような、神聖おかすべからざる、厳粛荘重な気分にさせるタイプの男がいる。

そういう男たちは、私にとってはみな、にがてである。

私にいわせれば、シャカリキに仕事もし、ひたすらベッドでもいそしみ、その間をつなぐヘソの緒にちゃんと血が通っていることが感じられるような人間味がなくちゃ、つまらない。

どっちの顔も、この男が人生でもっている顔であり、どっちも真実だと思わせるような、正直なものがなくちゃ、いけない。

そうでなければ、「生きてる男」の感じがしない。淫らなかんじがなくちゃ、いけない。

あたまのてっぺんからつま先まで、熱い血がドクドクしてる感じがなくちゃいけない。

けない。

そういう男たちは、みんな率直で正直で、ぶってない。ウソつきでもなく、傲慢《ごうまん》でもなく、ハッタリもない。あるとしても、かえって人間らしく見せるためのもののような、一ばん良質のハッタリである。

そうして、マサカ、自分がそういう風に見られているなどとは夢にも思わない、そういう男が好きである。

「ああ、いやらしい女や、オマエさんは」

とカモカのおっちゃんはいった。

「男見たら、夜の顔を想像してはりますのんか」

「男だけやありませんよ」

家だってそうである。このごろ、雑誌、週刊誌に家のデザインや部屋のもよう替え、つくりつけ、などの写真や記事が出てないのはない。

私が、いい家、いい部屋、と思う基準は、そこで寝る気になるかどうか、ということである。誰も皇居大広間で寝たいとは思わぬであろうし、空手道場の荒ダタミの上でその気になろうとは思えぬ。

寝るというのはむろん、あの意味であるが、私は人間の住む家、人間の住む部屋というのは、いい意味で、淫風《いんぷう》がかんじられなければあかん、と思っている。それゆえ、あまりに飾り立てた、とりすました家や部屋を見ると、ここの住人は、例のときは外でモーテルでも利用するんじゃないかとかんぐってしまう。ひいては、町全体、淫風むんむんしてるなんて、じつに人間らしい、いいことなのだ。ビルや地下鉄で固めてオール町中オフィス街にしてしまった大阪都心部なんてもう死物化した。

そこへくると団地なんて、これはすごいよ。ずらりと並んだ無数の窓の灯、無数の窓の愛、十里淫風なまぐさい感じ。長安一片の月、万戸肉弾相搏《あいう》つの声。

イヤ、結構ですなあ。

――潜在願望――

小松左京さんがいっぺんやってみたいのは因業《いんごう》ジジイの役だそうである。

江戸時代の映画や芝居によくある、金貸と女郎は江戸の華、借金の抵当《かた》にいやーな因業ジジイが、可憐な娘をひき立ててゆく、という図柄。

「長病みに女衒《ぜげん》のみえる気の毒さ」という川柳もある。

借金の方策も尽きはてた貧乏人は娘をお女郎に売りとばす。あるいは悪人づらのバクチ打ちの親分や高利貸のヒヒジジイに連れ去られる。

ジジイはにたにたと笑いつつ、ふるえて泣いている娘を、

「まあまあ、そない怖がらんでもええやないか」

などといいつつひき寄せ、長病みの床からやつれたお父《とっ》つぁんが声ふりしぼって、

「娘だけはごかんべんを」

と足にとりすがる、それをハッタと蹴たおし、形相一転してすさまじく、

「ヤイヤイヤイ、ほんなら貸した金、耳をそろえてここで返しやがれ。よう返さんのやったらその抵当《かた》に娘連れていくで。どや。文句あるか、ちゅうねん」

と吠える。娘はますます、ヨヨと泣いたりしてる。

「いや、こたえられん、そんなん、いっぺんやってみたい」

と小松ちゃんはあこがれ、しかし今どきそんなことしても、娘は身を揉んで笑い転げるであろう。

人身売買も搾取も、たしかに現代まだ行なわれてはいるものの、変貌して巧妙にすりかえられているから、かほどストレートな形に出てこない。男がやってみたいのはそのストレートなヤツだそうである。

「どうです、オタクもやりたいですか」とカモカのおっちゃんに水をむけると、俄然、満面に喜色あふれ、

「イヤー、それそれ、よろしなア、男の潜在願望です」

けったいな奴。

小松ちゃんはぜひ「ヒヒジジイ・クラブ」を作って同好の士を募りたいといっ

ている。

なぜ男はヒヒジジイにあこがれるか、やはりそんな能動的なことができなくなったためではないかしらん。男はみんな人の顔色を見い見い、動かなければならぬ世の中であります。なかんずく、女性の顔色を見つつ生きねばならぬ。モノをいえば立板に水で一刀両断に切りすてられる。何かいおうと思っても、問答無用！　と吐きすてられる。オロオロしてると、このとんま！　と衿がみつかまれる。

くやしい、無念。

怨念《おんねん》がこり固まってテレビや芝居映画の因業ジジイに拍手をおくるのだ。そうして自分がやってるように思ってうっとり、空想するのではあるまいか。「ゆるして下さい、そればっかりは」とかよわく抵抗する娘をしょっぴく、パンパンと頬っぺた撲《は》る、エイヤッと投げとばす、足蹴《あしげ》にする、みすぼらしい着物をひんめくる、ワー、バンザイ、その快感。

女をいじめること、しかも貧しい女となると、とっても男はうれしいらしい。「ヒヒジジイ・クラブ」は押すな押すなの盛況になるであろう。

現代の女だったら、佐藤愛子チャンではないが、夫や親兄弟のために舌打ちしつつもかけずり廻って金策し、期限のおくれた返済の弁解をし、心身をすりへらして高利貸と折衝する女傑、女怪も少なくない。

しかし考えてみると、楽という点では昔の女は楽である。

運命の波のまにまに漂いまかせて、泣いてりゃことがすむ。

どんな苦界《くがい》に堕《お》ちたって、わるいのは世間や因業ジジイで、娘はただもう、かよわい、いたいたしい、あわれな、心ぼそい、やさしい存在なのだ。

非力、無力で何にもできない、責任は何にもない、娘にわるい点はちっともない。ただもう庇護《ひご》すべき、あるいは凌辱《りょうじょく》されるだけのかよわい存在であればいいのだ。

神さまか赤ん坊みたいなもので、娘は泣いてりゃすむ。あたまも使わず見栄もはらず、されるままになってる方が、なんぼか楽である。

いいなあ。

いろいろ考えて、昔の女の方が気楽だったんだと結論し、現代女性は今更のごとく愕然《がくぜん》とするであろう。女はかしこくなったが、不幸にもなった。

強くなったが、しんどくもなった。

昔の女みたいにヨヨと泣いてみたい、そう思う女も意外に多いかもしれない。運命の波のまにまに漂い流されてしまいたいと内心思ってる女史たちもいるかもしれない。――古風にも古風のいいところがあるもんだと、女は女で「古風クラブ」をつくるかもしれない。

しかしまた、そうなったとしても、いまの男は颯爽《さっそう》と因業を立て通してくれない。

女のほうがそういう恰好をしているのに、なかなか合せてくれない。だいたい男はぶきようであるから、調子を見て合せるということができない。女も女で、一見どんなにしおらしげな女でも、いろいろと思惑もあり見つもりもあり、その通りにしようなどと、いろいろ気くばりして、中々昔の娘のようにヨヨと泣くだけではすまない。

教育というものはいいかげんなチエを人間につけるものだ。

男のいうようにして、やさしくてしおらしくてかよわい、いたいたしいようすの女になっていたって、たいがいの女は心中、

(ソコとちがうよ、ボンクラ!)

などと思っているであろう。

（またそんな見当ちがいのことをする、ほんとうにもう、どうしようもないんだから！……）

と毒づいているであろう。

（サッサとやればいいのに、何をもったいぶってんのだろう）

とじれったくも思うであろう。

まあ、ヒヒジジイも古風な娘も、講談や芝居の中だけで、それゆえにこそ、男・女の見はてぬ夢であろう。

――四十八手――

いろは四十八文字、あれを七字ずつ並べ、一ばん下の字を横へ拾って読んでゆくと、「とかなくてしす」――咎なくて死す――になる、赤穂の四十七士をこれゆえになぞらえて、「仮名手本忠臣蔵」のタイトルを付したのだという人もあるが、ほんまかいな。

すると例のラブスタイル四十八手も、咎なくて死ぬから、四十八手とつけたのかしらん。

四十八手というのは何々をさすのか。向学心旺盛な私はあらゆる文献を渉猟《しょうりょう》したが、不幸にしてそれを明記した書物はない、私の行動半径がいかに狭く、人生的キャリアがいかに浅薄皮相であるかがわかろうというものだ。

大先輩・野坂昭如センセイにきけばイッパツであるが、何やら業腹である。センセイのことだ、莫大なる束脩《そくしゅう》を要求した上、いざ入門すると知識の出し惜しみをしてオトトイコイと一蹴するかもしれへん、或いは実地教授と称してあやしきふるまいに及ぶかも知れぬ、君子危うきに近よらず。

カモカのおっちゃんは、これはダメ。この年頃の男は概して遊んでない上に、下情に通じてないから、てんで芋の煮えたもご存じない、松葉くずしがどっち向いてるもんやら、茶臼がどうなったもんやら知らんくせに、いたく興味を催して好奇心ムラムラ、「よっしゃ、調べたるわ」などと、独学独習で文部省検定試験でも受けるような意気ごみである。

バーのママさん連、ホステス、仲居さん、私の知ってる女の通人たちにききまわったら七つ八つぐらいまでは名をあげてくれたが、四十八手も諳《そら》んじてるバカは居らん。

「だいたい、型は基本として二つ三つやからね、四十八手がなんぼのもんじゃ」

と彼女らはいう、然り而《しこ》うして、四十八手についてはいたく冷淡である。

そこで私は一つの発見をした。それは、男は概してこういうお遊びに熱心であり、女は冷淡である、ということ。

男にとってはプレイであることが、女にとっては真剣であること。「枕絵の通りにやって筋違え」るのは男がいい出すのであって、女はそれを弄《もてあそ》ばない。四十八手とは何々ぞと手に唾して勇み立ち、一々それを試みんと気負うのは男で、「それが何ぼのもんじゃ」と無関心なのは女である。

女はあれを試《ため》し、これを試みてみる気はおこらない。女はおおむね、性については保守的で頑迷で、進取の気象に恵まれとらん、フロンティアスピリットに欠けとる、と思われる。もし活潑な性的好奇心をもつ女がいたとしても、それは彼女の本然のそれでなく、彼女をそうつくった既往の男たちの感化であるような気がする。

そうしてたとえば、一度すてきな快感を知る、すると男たちはそれに匹敵する、あるいはそれを上廻る快感が、ほかのやりかたで得られはせぬかと狂奔《きょうほん》し、あれかこれか、と試みるであろう。そういうときの男の執念たるやものすごいもの、そしてしつこいのだ。つまり快楽に対して意地きたない。攻撃的である。しかし女は、前回と寸分たがわぬようにくり返して、同じ快感を得ようと努力するであろう。そのぐらいちがう。

つまり男は、間口のひろがりで四十八手を数え、女は一つの内側で四十八手を見つけようとするであろう。

女にいわせれば、同じ男と同じような条件の下で試みても、いつも結果は同じというわけにはいかない。

あるときは最高で、あるときは最低ということもある。その時々でちがう。

「そんなんを四十八手というのんとちがうのんかしらん」

と三十二、三のホステスがいっていた。彼女は奥さんではないが、特定の恋人がいる。そして、彼女にいわせれば、三年来の恋人と何べん愛しあっても一回として同じのはないそうだ。毎回、趣がちがう、という。

しかも、スタイルは毎度おんなじなのだそうだ。

ただ相手の男が、毎度ちがうと感じているかどうかはわからない。

彼女の側にかぎっていえば、まず、その日の気象条件がちがう、という。

お人よしの彼女は、男から金を絞る手腕がないので、あんまりいいマンションに住んでいない。ごく普通の木造アパート。夏暑く、冬寒い。外気の気象条件がすぐひびく。暑い寒い、湿気がある、乾燥している、それは肌に直接感じられる。

次に食べもの、飲みものが毎度ちがう。満腹になったとき、酔っぱらいすぎたとき、ちょうどいいかげんのとき。

そういうことも、いちいち影響する。

また、それらは物理的原因であるが、いちばん大きい、感情的な原因があって、二人がとても仲よく理解し合い、最上の状態でいるとき、あるいはまた、いささか感情の錯綜があって、会話がスムーズにいかないとき、これはもう、全くちがうという。

全く同じ動作をし、全く同じ手順でコトが運ばれているにもかかわらず、中身はちがうという。

「そこがふしぎよね——」

と彼女は感に堪えたごとくいう。

前回、最高の結果だったから、今度も、と思ってると、どこか、ちぐはぐになってるそうだ。あんまり期待してないときに、とてもすばらしかったりする。それでその次も、同じような条件にして意気ごんでいると、またはぐらかされるという。

「そこが生きてる人間の面白いとこかもわからへんけど」

と彼女は残念そうにいっている。

これを考えるに、女というものはじつにデリケートなものである。男はやたら、形や相棒の新型ばかり追っているが、女は旧来の型式を墨守《ぼくしゅ》し愛好して、形の上の目新しさを追おうとしない。男の四十八手はかぎりがあるが、同じ相棒、同じスタイルの中での毎回ちがった女のそれは無限であろう。

古歌にいう、「聞くたびにいやめずらしきほととぎすいつも初音の心地こそすれ」というのはこのことかもしれない。

女のそれは生涯に百手、千手と開眼してゆくものなのだろう。女の性の深く窮《きわ》まりないこと、男の性の比ではない。

子供より男

「未婚の母」もけっこうであるが、私個人にかぎって申せば、子供よりは男のほうをえらぶ。私生児をもつよりは、内妻ならぬ内夫をもつほうがよい。

尤も、彼女たちが子供をもちたがる気持はわからないことはない。男はキョロキョロとして気持が定まらず、手もとへ縛りつけておくのは容易でないが、子供はいったん生んだら母親のものである。男に対する支配欲、権力欲を、子供を通じて発揮できるし、一生、男と縁がつながれるのだから、この意地わるいよろこびはこたえられない。男が逃げたって、子供があるという事実は消えないのだから、こうなると生んだほうが勝ち。

男も枕を高くして寝られなくなった。身に覚えのある男は夜半めざめて、とつおいつ考えこみ、そうなるといい方へ考えがいかずわるいほうわるいほうと考えるのは人のならいである。最悪の場合、つまり家庭を破壊し職場をクビになり、信用ゼロで後ろ指さされ世間の嗤《わら》い者になるという暗澹たる前途を想像して、ひとりキャッと悲鳴を発し心胆を寒くすることもあるであろう。男ってお気の毒。

しかしながら私は子供は好きなのだけれど、子供と男と、どっちをとるかといわれれば男のほうが好き。だから私、子供は生まない。

子供を生んで可愛がるよりは、自分が子供のように可愛がられるほうが好き。子供を抱いて子守歌をうたって寝かせるよりは、寒い晩にあったかい男の寝床にもぐりこんで、男のふところに冷えた顔をつっこんで、男に衿元《えりもと》まで蒲団をかけてもらって、男にぬくぬくと抱きしめられてねむるほうが好き。

子供に、あれ買って、これして、とまつわりつかれて甘えられるより、男に、これ買って、あれをして、と甘えるのが好き。そうして男がいうことをきいてくれないと、ふくれて靴で男の足を蹴って、ものをいわれても返事をせず、仕方がないので男がそれを買う、すると急にニコニコして男の腕に手を通して甘ったれて歩くのが好き。

むし暑くって眠れない晩は、男に団扇《うちわ》であおがせて、男がツイねむいもんだから手がゆるゆると止まってしまう、するとパチンと手を叩いてやって、ビックリした男がまたあわてて、団扇であおいでくれるというようなのが、好き。

外で一日あそんで来てかえると、るす番をしていた男に、ほかの男にもてた話をくわしくきかせ、コート、帽子、服、手袋、くつした、と一つ一つばらばらにぬぎ散らし、男が一つずつひろってハンガーにかけてくれる、というのが好き。

朝、男にほっぺたを軽く叩かれたり、髪にさわられたりして、「もう起きなさい」とやさしく起こされるのが好き。「目ざまし鳴ってるじゃないの、学校におくれるよッ」と子供を叱咤するより、ずうっと、ずうっと、好き。

男がヒゲを剃っている、それを熱心に見ながら、どうして男って毎朝、毎朝、ヒゲが生えるのかなあ、とつくづく、ふしぎがるのが好き。

男のコートを着てみたら裾がひきずって手がかくれてしまって、男の靴をはいたら足が三つはいりそうなくらい大きくって、それをひきずってあるいてキャッキャッと笑うのが好き。

じゃまくさいので、もうお風呂へはいらないといったら、お尻をぱちんと叩かれてむりに服をぬがされて風呂へ漬けられて、熱い熱いとあばれたら、

「十《とお》かぞえるまで」

と怖い顔で叱られる。数をとばしてよんで飛び出そうとしたら首根っこをおさ

えられて両腕に抱きしめられて漬けられてしまう、男の胸毛が清らかな熱いお湯の中で海藻みたいにゆらいでいるのが面白くって、じっと見ているうちに、やっと、

「九《ここ》のつ、十《とお》おう」

と男がいって抱きあげてくれるのが好き。

海水浴で、男はぐんぐん沖へ泳いでいく。私は泳げないので海岸でバチャバチャして遊ぶ。男に浮環をそろそろと押してもらって、私は浮環の中におさまり、空を見、沖をながめ、自分で泳いでるような気がする、大きい波がきておぼれそうになって男の首にかじりつき、横抱きにされて浜へ連れかえってもらう、男はまたひとりで沖へ泳いでいってしまう、うらやましいような、悲しいような、男がたまらず慕わしいような切ない気持で、波のしぶきともつかず涙ともつかず、顔を濡らして沖を見ているのが好き。

お茶を飲むとき茶柱が立ってるのを見つけて、わざわざもっていって男に見せ、びっくり、感心させるのが好き。

あたらしい服がとどいて、さっそくそれを着てみる。背中のファスナーを男にひっぱりあげてもらって、くるりとふり返ったとき、男がにこにこして、よく似

合う、といってくれるのが好き。その請求書を男の机の上にもっていっといて、そのあと、どうなったか知らない、二度と洋服屋が請求してこない所をみると、たぶん男が払ってくれたんだろうが、そんなことあんまり深く考えたことのないのが好き。

レストランへ出かける、男のとった皿のほうがおいしそうだと、それを指して私の皿へ入れてもらい、私のは男にやらず、みんな、食べてしまうのが好き。エビの皮をむいてもらい、エスカルゴを殻から出してもらう、むいたのをたべるのは私で、むく役目はいつも男、そんなのが好き。

そうして毎夜毎夜、男のふところに顔をつっこんでねむり、寝物語をせがみ、男がねむがってレコードがゆるんだように言葉がとぎれると、耳をひっぱったり鼻をつまんだりしていじめて目をさまさせるのが好き。

だから私は、子供を生んで可愛がるより、男に子供みたいに可愛がってもらうのが好きだというのだ。

問題は、そんなに可愛がってくれる男を、どこで見つけるかということだな、うん。

それがわかりゃ、苦労はせんよ。

如上のべ来った範例は、私の父親、オーマイパパでありました。なにウチの亭主がそんなことするもんかいな、あほらしい。——でも、割合、ちかいです、ごめんね、イヒヒヒ。

―セーラー服の女学生―

わが家は何をかくそう、いま崩壊寸前、離婚必至の状態なんだ。そりゃそうでしょう、モノ書きの女房などもっていりゃ、男は四六時中後悔のホゾを嚙み、離婚を考えるのが当然。かかるが故に、私と亭主《おっさん》の仲は、現在、一触即発の状態である。ノロケて見せるのは、女の虚栄である。よく世間でいうであろう〈ああうれし、隣りの夫婦離婚する〉、アーリガトゴゼマース。なるったけ近い将来にご期待にそうことを約束する。

さて、カモカのおっちゃんのところも今や崩壊寸前という、尤もそれはかなり彼の主観的な独断の色合いをおびているのは否めないが。

女房《よめはん》は彼にはガミガミと辛くあたり、彼の面倒はろくに見ないという。しかのみならず、齢と共に大ぐらい、大いびき、汗っかき、放屁癖。ゴメンともいわぬ、という。じだらく、おしゃべり、色気狂い。いよいよ太った腰まわりを包むに、年甲斐もなきパンタロン、人のすなるカツラを我もかぶらんとビリケンあたまに打ちのせて恥ずかしげもなく町をのし歩き、テレビに出て有名人と会ったことを親類中に電話する。男がパンツ一丁で夕涼みすれば子供の教育上わるいと咎め立てするくせに、自分はホットパンツなどはいて気の遠くなるような太ももをひけらかし、どうしようもない大年増、ちょっと夜のご挨拶が間遠になると、それとなくあてこすりいやがらせ、ますます男の気を萎《な》えさせるようなふきげん、わざとらしく戸をピンシャンとあけたてし、男はもう気もそぞろという。

だからカモカのおっちゃんはいつも夢見てるという。

蝶のような軽やかな立ち居ふるまいの、心やさしい女。つつましくしおらしく、ひたすら男を尊敬し愛し、軽蔑なんか以てのほか、男のいうことにそむかじと心を砕き、そしてすることが奥ゆかしい、トイレにもいつ通うかわからぬくらい、食事もごくかるく少なく、金《かね》のぐちなどいわず世帯の切り廻しよく、料理がうまくきれい好き、言葉美しく笑顔さわやか、間隔が十日、半月、ひと月になろうとも、かりそめにもふくれ顔せぬ、いつまでも羞恥心を失わず、老けず、分別くさくならず、しかも清潔ないろけがみちあふれて見るたびに抱きたくなる。

「どッかにそんな女、おりまへんか」

「居たら昇天するわよ、天女くらいのもんでしょ」

「昔はおったんちがうかしらん。少なくとも僕ら、中学生のころに見た女学生はそんなんやった。そんな女に成長しそうなおもかげがあった。なればこそ、僕ら中学生は遠くからあこがれと敬愛のまなざしをこめて仰ぎ見とったんや、仰げば尊し女学生。昔の少年少女は、隔離教育やったなあ」

「そうそう、中学校女学校（旧制）は全然別の学校、通学電車も別、外で男子女子、話をするのも禁止」

「そやさかい、女学生はみな、中学生（昔は中学生といえば男子学生にきまってる）にとっては、永遠の女性、ベアトリーチェやってん。セーラー服の清らかさ、白いネクタイが風になびき、黒髪が吹かれる、スカートのヒダがピーッとしていて、その腰つきもたおやかに、瞳はけだかくりりしく、中学生なんか眼中にないさまで、まっすぐ前向いて、タッタタッタと歩いてゆく。あのけだかさ。僕ら女学生のスカートのはしにちょっと手ェでもさわれたら、もう死んでもエエくらいに思《おも》てたな。僕、女きょうだいないよって、あの女学生らの日常生活がどないしてもわからん、どんなんやってんやろ、おせいさんかて、女学生やったこと、あるねんやろ?」

「あります、大ありです」

「たとえば、女学生は毎日、何食うてましたか。僕らから見ると毎日、カスミ食うてるとしか思われへんかった。聖母マリアみたいなもん、神聖で上品で、垢《あか》もつかず汗も流さず、汚れを知らぬ清いからだ、無垢の心、まっしろいハンカチみたいなけだかさ。……ああ、あこがれの女学生……」

「エヘン、その実体は、ですね」

と私はいたく悦に入ってしゃべってやった。

たとえば女学生はまず、大食らい。私のときは戦時中ゆえ、女学校一年までしか物資が出まわらなかったが、学校からかえると代用食、オムスビ、せんべい、塩豆、あられ、かき餅、ラムネ、家にあるものは片端からうち食らい、さらに暑いときは、かのたおやかなるべきヒダスカートの中に、古風旧式な黒い扇風機をすっぽり入れて風でふくらませ、太ももから下腹の熱をとる、何しろ陽気のいい時節の黒サージのスカートのむし暑さ、下半身汗にまみれ、股ずれができ、むれるもいいとこ。スカートを煽いで臭い風を送ったり。

三人でも寄ればしゃべることしゃべること、カバか野牛のような声で笑い、いずれ劣らぬ臼のような尻とユサユサする巨大な乳房をふり立てて、体操なんぞ徒党をくんでやってると大地が震動する。

ひるやすみ、弁当箱のフタについた飯つぶを舌で舐めてる子もあれば鉛筆の先で妻楊子がわりに歯をせせってる子もある。黒いセルロイドの下敷にあたまのフケをちらして、それをあつめて団子に丸めてる子もある。

セーラー服姿も、遠見《とおみ》には美しいかしらんが近くでみれば衿《えり》はフケでまっしろ、垢でピカピカ、抜け毛が散っている服は、いつも日向《ひなた》くさく埃くさく、叩けばパンパンと陽炎《かげろう》のごとき埃が舞い立つ。白いネクタイの先っちょは、醬油のシミによごれたりし、スカートにはM《エム》(女学生たちはそのかみ、アンネのことをそうよんだ)のシミがついてたりする。

そうして女学校の校舎自体、ムーンと、汗ともワキガとも経血ともつかぬ、一種異様な性的悪臭がたちこめていたもんだ、わかったたか。

しかしそういう女学生が一面また、音楽室の中庭で四つ葉のクローバーをさがしたり、講堂の裏手の青桐の幹に「夢多き学び舎《や》を去る日に。K様永遠に」と彫ったり、天使のような声で「春のうららの隅田川……」と歌うのだ。

カモカのおっちゃんの女房《よめはん》だとて本質は同じ。女は昔も今も変らんもんよ。蝶のような女なんてありゃせんのだ。

――わが愛の中学生――

女学生のことをいったから、今度は中学生のことにしよう。

「六三制野球ばかりが強くなり」という当節の、たよりない、わがままの、甘ったれの、うすらバカのガキどもの新制中学生のことではない。

私のいうのは、戦前、戦中の、中学生のことである。

「少年倶楽部」や佐藤紅緑の小説に出てくる中学生、あのりりしい少年たちである。

私の女学生時代は、戦争たけなわの頃で、もう不良が跳梁《ちようりよう》する自由もなかったと思う。中学生はみな、おそろしくまじめであった。そうして栄養失調の体を、スフ入りの化織、うんこ色の制服に包み、胸には、校名・学年・名前・血液型を書いたキレをぬいつけ、背中には鉄カブトを垂らし、制帽である戦闘帽をかぶり、スフ入りのゲートルを巻いて、鞄を肩にかけ、毎朝、わきめもふらず登校していた。小型の兵士、という少年たちが町にはいっぱいだった。みな、しっかりしていた。

近所の顔見知りの中学生だといっても挨拶などしては、三年ぐらいウワサのマトになる。まして二人きりで会ってたりしたら、お嫁にもゆけなくなる。兄弟、いとこといえども町なかでは知らぬ顔でゆきすぎる。中学校・女学校、相共に近接しているところなどは、わざわざ、通学路まで別々に規定して、ゆき合わぬようにしてある。

通学電車は、中学生、女学生、別々の車両である。

私たち女学生は、「××中学校」という標札のかかった校門の前を通るのさえ、胸ときめいた。

校門からチラと見える校庭には、銃を肩にした中学生が軍事教練なんかしている。時折、

「オーッ」

と野獣の咆哮《ほうこう》のようなかけ声が、校庭の木々をゆるがしてひびく。それは繊細な女学生を卒倒させるような、性的迫力にみちている。素足で竹刀《しない》をふるってる

こともある。「男」の世界、「男」の城の神秘感みたいなものが、モヤモヤーっと中学校の校舎に暗雲のごとくたれこめている。

中学生は、女学生なんぞ、洟《はな》もひっかけずにバカにしてるものだと思ってた。女というものは不浄の身で、そばへ寄るさえきたならしいと信じていると思ってた。また女学生は、そう思われても当然と思い、胸をいためていた。

中学校の教育課程は、おおむね女学校より程度がたかく、中学生はみな、女学生よりかしこそうであった。日本の前途を憂え、一刻もはやく戦線に馳せ参じて、大君のために散華《さんげ》せんものと、かたく心にきめているような雄々しい、すがすがしい顔をしていた。私たち女学生はひたすらその崇高さに打たれ、自分たちは中学生たちの気高い心のそばへも寄れぬ卑しい身であると考えていた。中学生たちは寒中でもぱっとはだかになって、みそぎの水をかぶったりする。そうして「みたみわれ、この大みいくさに勝ちぬかん」などと朗誦したりしている。

しかしながら我々女学生は人前で、ふんどし一丁になって裸になったりできない、いかがわしい存在なのである。いろいろかくすべき所も多く、かつ、月に一度の不浄もあったりして、うろんくさい、けがらわしい存在である。皇軍必勝を祈願するため、月に一度、近くの神社に全校あげておまいりするが、そのとき、身にけがれのある女学生は、鳥居をくぐることはできない。神サマのバチがあたる。

たいてい四、五人、鳥居の外でしょぼんと待ってたりする。その羞《は》ずかしさと屈辱感は、消え入りたいようなもので、中学生のけだかさにくらべ、なんという、女学生は取るにも足らぬ身であるかと嘆かれる。勤労奉仕にゆくと、たまに食堂や手洗場で、中学生の一団といっしょになる、もうドキドキしてまっすぐ前を向いて歩けない。手洗場で手がふれたりしたら失神してしまう。

「君が手と我が手とふれしたまゆらの心ゆらぎは知らずやありけむ」というような、なまやさしいものではない。子宮の底がやぶけて中身ががらんどうになるような物凄い衝撃。

神サマの次くらいに近よりがたい存在が、中学生なのだ。

中学生というのは、もうなま身の人ではないのだ。遠からず戦場におもむいて玉砕し、軍神となる、そのタマゴであるのだ。我々女学生としてはその後姿を伏し拝みたい心地。イロの恋のという存在ではないのだ。ないのであるが、そばを通っただけで、心ときめきするのは致しかたない。

いがぐりあたまを遠くから見ただけで、ヘタヘタと腰が萎《な》える。

もし話しかけられたりしたらたいへんだと、仏頂面でいるが、ほんとに話しかけられでもしたら、うれしくて、おしッこをちびるかもしれない。絶対、ありえないことではあるが、もし、通学途中、顔なじみになって仲よくなり、ふたこと、みこと、話をする、あるいは顔見合わせてにっこりほほえむ、そんなことになったら、どうしようか、たちどころに死んでも悔いない、などとあれこれ思いはしらせ、つい駅の階段ふみはずして、ずでんどうと落ちたりする。

帽子をまぶかにかぶった、とりわけ眉目りりしい中学生が、いつも一緒の電車に乗っていて、向うも知らん顔でいるし、こっちも知らん顔、それが、防空演習のとき、偶然、駅の近くの防空壕に一しょに入り、ほかに町内の人がいっぱいいたけど、私は緊張と心ときめきで死にそうな気持だった。あの中学生は、どうしたかしらん。特攻隊にでもいって死んだであろうか、それとも辛い戦後をからくも生きのび、泳いで来て、命ながらえ、妻や子とつつがない人生を送っているであろうか。

「そらまア、私みたいになってんのとちゃいまッか、たいていのトコ」

とカモカのおっちゃんはしごく気楽に、

「女房《よめはん》は抱く気イおこらんけど、若い娘《こ》みて、あれか、これか、体の具合、肌の色つやひとり思いめぐらせてニンまり、体はいうことききかんのに、『気ィ助平』になって、ポルノ小説読みながら酒飲んでる、みな、こんな中年になってます。

何となれば、私かて、そのかみ、りりしい中学生やったことがあるのや」

あの中学生が、カモカのおっちゃんになる⁉　人生、不可解！

——紫の上——

「源氏物語」は古来から誨淫《かいいん》の書ということになっていて、士太夫は手にとるさえ、けがらわしいとされてきた。いま読んだら、どこがすごいのかわからない。ただ面白さという点からいうと、これは、すごいばかり面白い小説であるが、それはポルノ的な描写の上になり立つ面白さでなく、男・女・人生を省察した上での面白さなのである。

しかしながらやはり、私は、「源氏物語」を読んでただ一つ、おッそろしくSUKEBEな個所だと思う所がある。

紫の上を、源氏が手に入れるくだりである。

周知のように、源氏は紫の上を童女の頃からひきとって、自分の思うがままの教育をほどこし、理想の女に仕立てあげた。

そうしてそれを妻にする。なんとイヤラシイではないか。

男のSUKEBE精神をこのくらいハッキリ証明してるものはほかにないではないか。

「男はみんな、これ、やりたいんでしょ」とカモカのおっちゃんにただすと、このときばかりは彼は首を横にふり、

「私個人としてはもう、しんどいですな。いま六つ七つの女の子をひきとっても、使いものになる頃には、私は六十代やないか。それまで待てまへん。いまこの時点で即席に役に立つほうがよろしなあ」といいよった。

この男は何でもすぐ、自分の身にあてはめて考え、一般論でしゃべらない。自分のことしか考えとらん。

しかし男全般としてみれば、誰にもそういう欲望はあるのだろうと思う。

それが女にはないよ。

六つ七つの男の子をひきとって思うがままに育て、自分のツバメとして理想的な男にしよう、なんてSUKEBE精神なんか、女はもってない。

尤も、母親が息子にたいして、恋にちかい執着をもつことはよくあるけれども、それは自己の分身としてのもので、ちょいとちがう。息子にたいして自分自身を

愛するように愛している。

源氏は、小さな童女の紫の上にたいしても、はじめから異性としての要素をふくんだ愛情をそそいでいる。

そうして少しずつ、少しずつ、恋の手ほどきをして、無垢《むく》な少女の心をたらしこんでゆく。

この世で唯ひとりの保護者と思い少女の心が全的に源氏に向ってひらかれてゆく。父でも兄でもある男に、少女がよりかかってゆくのは当然である。

そうして、まだ女としては成熟していない、性的には深いまどろみからさめきっていない青い果実を、源氏はもぎとり、むりやりに花ひらかせてしまう。

少女はショックのあまり、そのあくる朝、起きてこない。

夜具をひっかぶって出てこない。

拗《す》ねてふくれて食事もせず、モノもいわない。

汗びっしょりになってこもっている。

泣いたりわめいたりするのではないが、彼女は衝撃と傷心でぼんやりしている。

本文は、少女のその美しい可憐な惑乱をさらりと描いて、すごいかんじを出している。

男のほうはこれは平気で、にこにこしたりして、その惑乱を舌なめずりしてたのしんでいる。

ああ、いやらしい。

やっぱり、「源氏」はすごいポルノ小説だ。全篇、ここ一つでもっている。「源氏」を読むときは、ここだけ読めばよい、とはいわないが、ここを読みとばしたらソンするよ。

女のくせに、紫式部という作者は、どうしてこんなにいやらしく書けるんだろう、男心のいやらしさを知ってるんだろう。

ところで、そういうふうに育てあげた理想の女が、変質してはなんにもならない。

女はよく変質する。

家庭という冷蔵庫の中にいれておいても、腐敗変質する。

なぜか。

子供をもつからである。

子供を産んで育ててりゃ、いやが応でも女はイタミが早い。臭気が出てくる。

コトワザにもいうではないか。女は臭し、されど母はなお臭し、こんなのではなかったかな。

だからちゃんと紫式部は、理想の女、紫の上に子供を与えていない。

紫の上は、石女《うまずめ》である。

いつまでたっても変質せず、むかしのままに理想の女でいるのである。そこにも作者の周到な注意が見られる。男心のいやらしさをいつまでもそそるようなものを、女主人公は温存しており、それ故に源氏の君の愛を最後まで失わず、愛惜されて死ぬ。

じつにうまい設定ではないか。

もし紫の上に子供ができたら、源氏のいやらしいみだらごころをさそった、かつての少女期のイメージは霧散してしまい、彼女は現実的な存在になってしまう。現実的な存在になって、なおかつ、みだらごころをさそう、という女は、たいへん、ありにくい。ないではないが、小説にしにくい。「源氏物語」のように一大通俗小説の中では、趣味派と実益派と、女を二つに分けなければ、やりにくい。たくさんの登場人物であるから、混乱する。紫の上などは「趣味派」の筆頭である。

それにしても、源氏の君のようにたくさんの女を囲って、それぞれの守備範囲をもたせる余裕がある男はよいが、現代ではそうはいかない。

すべて一人の妻でまかなわなければいけないようになっている。

それにいそがしいから、数年もかかって栽培した花を手折るなんて悠長なことはしていられない。カモカのおっちゃんではないが、現在の時点で間に合うのを拉《らっ》してきて、用を足すことになる。

しかし、男はみんな心の底で、紫の上を手に入れた源氏にあこがれているのであるらしい。

そして、その一節を読まんがために、「源氏物語」は千年の愛読書とされ、禁書となり、制止したさかしらな士太夫も、かげでこっそり、読んだのであるらしい。

——男は「六せる」——

婦人生活社の社長・原田常治氏は商売柄、女、男の習癖に通じていられる愉快なモラリストである。氏がつねづねいわれるのに、男を落ちさせるには（つまり買収、収賄、籠絡、陥落させる手は）五つあるそうだ。

いわく、抱かせる、飲ませる、食わせる、握らせる、いばらせるの五つで、氏はこれを「五せる」とよぶ。

五せるのどれかを組み合せたり、五せる全部で総攻撃したりしたら、落ちない男はないそうである。

このうち「抱かせる」は、わかりそうな気がする。女に弱い男は多いであろう。

「飲ませる」もわかる。

「食わせる」というのはおかしいが、畏友（胃友か？）小松左京氏など見てると、さもありなん、とうなずける。

「先生、明日までに原稿をなんとか……」と山海の珍味で攻撃すれば小松ちゃんのことだ、

「ムシャムシャ……ムムム、何とかする」などということになろう。

「握らせる」も、普遍的弱点であろう。

「いばらせる」というのはちょっと思いつかないが、男の平均的弱点であるにちがいなく、人によってはこの上にまた、「反対させる」「いやがらせさせる」「どならせる」などとあろうし、もしそれ、わが大先輩野坂昭如センセイならば、「からませる」などいかがであろうか、五せるに加えて、この六せるで攻めれば畢竟《ひっきょう》、彼とて人の子、メロメロに落ちるのではあるまいかね。

ところで私が思うに、男の通常的特質として「教えたがる」というのがあると思う、よって男を籠絡せんとせば、この特質を逆用して「教えさせる」という、これぞ「六せる」ではあるまいかと思うのだ。

いったい男というものは、(カモカのおっちゃんをみてもわかるが)自分で知らないものはないように思っている。何かというと、

「イヤ、それはそんなもんやない」

とか、

「うんにゃ。そうにきまってます」

とか、重々しく断定する。

説教というのではないが、教わるのがきらいで、教えるのが大好き。

そうして少しばかりの知識を勿体ぶって重々しく披露し、あるいは教えしぶり、あるいは指示教導し、仰げば尊しわが師の恩、と、未経験者に尊敬のまなざしでみつめられるのが大好き。

私、思うに特に男というものは、セクシュアルな事柄に関して、女に教えるのが好きなようである。

男が男に、つまり先輩が後輩に教えるのはこれはふつうのことだが、男が女に教える、そのたのしみがこたえられない、というのが大方の男の特性ではなかろうか。

男が処女を好むのもそれと関係があるのかもしれない。処女はもの知らずだから。

処女にかぎらない。性の道は奥ゆき深いから、教え教えられることは無限にある。人間だって最初はセキレイに教えられたのだ。ところが古川柳によると、

「セキレイも一度教えて呆れはて」というほど、人間は切磋琢磨、たちまち出藍のほまれの名をあげることになる。

太古からいかに男が知ったかぶりして女に教えてきたかと思うとほほえましい。

しかしまあ、それだから安定感があるので、これが反対だったら、ずいぶん、みっともないことだろうと思う。

「心配せんでもエエて――な、痛いことないさかい」

などと男が、そめそめと女の耳にいい、女は羞ずかしさと不安と何とはない悲しみやら怒りやらで、ぷんとして横を向いて返事もしない、さればといって逃げ出すでもなく、わめき立てるでもなく、うすい冷や汗なんかじっとりと額ににじませて上気して頰が桃色になっている、などというのは、ちゃんと型にはまってよいが、

「大丈夫よ、あたしに任しときなさい」

などと、女にくどかれている男は、どうもぱっとせず、もひとつ、しまらない。

それが若い男と中年女ならまだしも、たとえばカモカのおっちゃんなどが若い女にささやかれている図なぞは、けったいを通りこしてうす気味わるい、やっぱりこれは、重々しく、

「いやいや、そうやるのではない、もっとこう……そうです、そうそう、それから、こうやって」

などとカモカのおっちゃんが教えるほうがぴったりくるようである。

しかし、男というものは、相手が未経験者であってもなくても「教えたがリン」なのだ。どういう根拠でそう信じてるのかしらんが、女より男のほうがもの知りで、性に関しては練達者であると思いこんでいる。だから気の利いた女は男に気に入られようとすると、カマトトにならざるをえない。

そうして、男に「教えさせる」たのしみを与え、こっちの思うつぼにはめてゆくことになる。

だけど、知ってて知らないふりをするのも辛いよ、これは。

非処女が処女のごとく装いふるまうのは、これはこの際はぶく。こういうふうなのは全くの詐欺であって、いうなら破廉恥罪、七つの大罪のうち、ウソツキの罪である。これは男と女のいろごとのかけひきの遊びからいうと邪道で、マヤカシ、ニセモノ、イカサマの臭味があり、淑女のとるべき道ではない。男は紳士らしく、女は淑女らしくふるまうのが、いろごとの楽しみの奥義だ。

私のいうのは双方、一人前のオトナとしてである。

オトナの淑女ならば、〈ヘタクソ。もうちょっと何とかならないものかしら〉などと思っても、そんなことはけぶりにも出さない。あるいはホテル・モーテルの設備に通じていて、どのボタンを押せばベッドが動くとか、どの紐をひっぱればカーテンがあがって鏡が現われるとか知悉《ちしつ》していてもおくびにも出さない。

そうして男が、心得顔に得意満面でやってみせると、ビックリして身も世もなく、

「あら」と恥ずかしがってみせたりする。

この頃はこういう風になってんのだ、驚いたろう。まだまだ驚くことがあるよ。まあ、ほんとによくご存じね、と女は恩師を仰いで殊更、尊敬のまなざしでみつめる。生徒もいろいろと辛いよ。苦労するんだ。

――身内とエッチ――

　このあいだ、お袋に叱られてしまった。

　お袋は私の書くものは読んだことはないが、このところかかってくる電話をきいていると、ほとんどみな先方さんが、

「週刊文春のを読ませてもらっています。へへ、エヘヘヘ……」と笑うそうである。

　その笑い方に共通のニュアンスがあるそうである。

　おかしい⁉　とお袋は思ったそうだ。そのへんが女の第六感である。

　また具合のわるいことに「週刊文春」発送係氏が数週分、お袋のいる尼崎の自宅に送っていた。

　私は具合のわるいのはみんな、神戸の自宅に送ってもらうことにしているのだ

が、何思いけん、私の手許に届けないでお袋の手許に掲載誌を届けてしまったのだ。

お袋はいそぎ「女の長風呂」を読み、ブワーッと青い汗、赤い汗が噴き出してきたという。青い汗は恥ずかしさで、赤い汗は怒りである。お袋は電話でどなりこんできた。

何という品のわるい下賤なものを書くのだ、何というエッチ、何という変態、女の変態はどうもならんではないか、これを読んで世間さまは呆れはてて嗤《わら》っていられるのだ、もう外へ出歩けない。恥ずかしくて恥ずかしくてご先祖さまにも貼り絵のお弟子さんにも合わせる顔がない、どうしてくれる。

どうしてくれるといわれたって、どうしようもないのだ、こっちは。

「そうかなァ。そんなに品がわるかったかなァ」

「あたり前ですよ、あたしゃそんなエッチに育てたおぼえはない。つきあう友達がわるいんです」

(私はカモカのおっちゃんをチラリと思い浮かべた)

「ウン、それはあるかもしれないよ」

「何にしてもすぐ、止めさしてもらいなさい。止めなければ、あたしゃ文藝春秋の社長さんに直訴します」
私はいたく煩悶《はんもん》した。せっかくの注文にこたえるのは仕事にたいする忠である。忠ならんと欲すれば孝ならず、孝ならんと欲すれば忠ならず。

進退谷《きわ》まった私にできることは、今後、お袋の目にふれさせないよう配慮することだけである。お袋は買ってまで読まないであろう。

ホカの人ならこのご時勢だ、なんぼ書いても仕方ないという。しかしお袋にしてみればワガ肉親に書かれるのは、身も世もあらぬ気になるのであろう。身内というのはもう、こういうときどうしようもなく始末に困る存在である。

身内とエッチ、というと語呂合せになるが、身内のエッチトラブルはどうも堪えがたいのはなぜであろうか。

おとっつぁん、おっかさんの色狂いなんてのもやりきれないであろうし、兄弟・わが子が婦女暴行なんぞであげられたりしたら、私なンか恥ずかしくてようひき取りにもいかん。世間様に対して恥ずかしいんじゃなく、本人に面と向ってどっち見てたらいいのか、視線のやりばに困っちまう。

家庭、肉親というものは、ほんとうは、性を基盤にしてでき上っているものなのに、いざでき上ってみると、一切の性的なものは排除されてしまう、そこがふしぎである。

だから家庭で性教育なんて、すべきかもしれないけど私はおっくうである。子供が見てるじゃありませんか、子供にきこえますよ、何です、子供の前で、などといってるほうが少なくとも私の場合、自然である。

そんな本読んじゃいけない、映画館の前は目をつぶって走りなさい、深夜テレビは見ちゃいけません、なんて子供にいうほうも自然である。性教育なんてどうやったらいいか考えてるだけであたまが禿《は》げる。家庭の中から一切の性的なものを排除してるほうが、気楽は気楽である。

尤も世の中には、近親相姦なんてあって、肉親同士で恋愛関係に耽《ふけ》ったりするのがあるけれど、私ごとき凡婦にはどう考えても解《げ》せぬ。

だいたい、亭主でさえ私には男とみとめにくい。

世の大方の男が、「女房なんて女やおまへんよ」といわれるのと同じく、私も亭主は男やおまへんよ、といいたい。何年もいっしょに住んでると、これはもう異性というより身内の色が濃い。

兄弟なんてシロモノは、これは洟《はな》をたらしたガキの頃から見てるから、いくら名刺に部長の課長のと刷りこんでも、男と思えぬ。義弟たちだってたまたま男の恰好してるだけだ。中ではわずかにカモカのおっちゃんが男の片鱗をとどめているが、それはやはり他人だからであろう。

まあ何にしても、家庭なんちゅうところは色恋、性的関心から見放されたようなものだ。

身内に対してエッチなことをしかけるなんて、想像もつかない。

かつまた、身内のだれかれが、ヨソのだれかれに向って、エッチなことをしかけてるなんて、想像もしたくない。

ゆえに、家庭の中で見てる身内というのは、これは半端者ばかりである。その人間の全面を把握できないからである。しかしそれにしても、身内がエッチなことをするとは信じたくない。

もと異性で、いま身内になってしまった夫と妻は、すこしニュアンスがちがうが、しかしいったん身内になってしまった夫が、よそへいって異性に対して男性としてふるまえる、つまりエッチになれるとは信じられないのである。

亭主たちはそれに対し、「見くびったらあかんぞ。こう見えても男は男なんや」とすごんでいるが、日常坐臥《ざが》、亭主のあらゆる下らない姿態、嗜好、性癖を見なれた女房たちには、エッチなことが今さらできるとは信じがたい。

そもそも、エッチというのは、一種、人を眩惑させる気魄のことをいうのだ。アッ、エッチ！　と一瞬ドキリとさせる、そういう殺気が流れないとエッチにならないのだ。見なれ、肌なれた男がなんでエッチでありえようか。

それを押して挑みかかる近親相姦なんて、ほんとうに壮観ですねえ。

――情を通じ……――

巷間、女たちのあいだに「情を通じ……」というコトバが、いまはやってる。いうまでもなく、沖縄密約漏洩《ろうえい》事件の起訴状の中にある文句である。この事件もヘンな事件で、どだい根本は政府がきたないことをするからなのだ。機密漏洩もへったくれもあるもんか。

しかも、起訴状に「ひそかに情を通じ……」とあるのも余計なことである。情を通じようと通じまいと、その相手が合法的関係の人間であろうとなかろうと、ヒトの勝手、家庭の事情でありますよ。機密漏洩とこじつけるのは、地検の陰謀であろう。

情を通じ、という日本語もよろしくない。大体、厳粛なるべき検察用語が得てして、卑近なワイセツ語になるのはどういう皮肉であるか、検察関係諸賢はもっと日頃から、たとえば梶山季之先生の「いろはにほへと」などの名文にしたしみ、優雅なるワイセツ語の探求に心せられたい。

情を通じる、なんて言葉をきくと、私などには、お通じを連想させられてこまっちゃう。尤も、同じ通じでも、情を通ずるのと「お通じ」では、それぞれ専攻分野がちがうようであるが。

それにしても、横グルマ代議士がいちばんよろしくない。尤も元兇は政府ではあるが、あの代議士センセイが、ああまでオッチョコチョイでなければ、何とか恰好はついたはず。蓮見サンが、かわいそう。

あんまり男を信じすぎると、こうなるのだ。男はイザとなると、女との約束なんか、仕事、功名、面子《メンツ》の前には弊履《へいり》の如く打ちすててかえりみない、不徳義な動物であるのだ。男は信ずるに足らない。西山フトキチ記者はふてえ野郎ではないか。あくまで蓮見サンを守るのが、騎士道というものではないかしらん。

オール女性諸嬢に告ぐ。

今後、新聞記者と「情を通ずる」のは、女として心すべきことにこそ。

私が口角泡をとばして論難しているのをきいていた、ある妙齢のお嬢さん、感に堪えぬごとく、私の言葉をさえぎって、

「でもあの、これ……四十歳と四十一歳のひとたちでしょ」

そうです、それがどうかしましたかね。

「そんなトシの人でも『情を通じ』たりするんですか、フーン……」なんていう。

またしばらくして、少し顔うち赤らめ、

「フーン、四十の人でも、ねえ……」なんていう。

あたり前でしょ。四十になった人間はみな、おしとねすべり、お寝間ご辞退するとでも思うてるんやろうか。

しかし考えてみると、私だって若かりし頃はそうであった。女学生時代は殊にそう。

四十にもなった男女が、情を通じたりするなんてことは到底、信ずることができなかったのだ。そんな関係は、せいぜい二十二、三までの未婚の青年子女の間にのみ存在するように思っていた。いかに若い頃といっても、思えばじつに苛酷で世間知らずな偏見であった。

まして五十六十の男女がむつみあうなんてことは夢にも想像できない。

若い私には、情を通じるなどというような、軽佻浮薄、あさましい、みだらがましき事がらは、思慮分別そなわったオトナにはあるまじきことのように思っていた。

人間は、四十にもなると、「不惑」のことば通り、心境、水のごとく澄みわたり、かりそめにも色の恋のということには心動かされず、いやらしい煩悩《ぼんのう》から解脱《げだつ》し、志操高潔、貞操堅固、仙人か隠者かというような存在であると思っていた。

男と女が結婚しても、かりそめにも手をふれ合うことなく、分を守って身をつつしみ、仲よく礼儀ただしく生活するもんだと思っていた。

「ほんならなんで子供ができるねん、それはどない考えてたのですか」とカモカのおっちゃんがきく。

「そうですね、それは偶然、ある日ポコッとおナカにできるように思うてたんでしょ」

「デ、デ、デンボやあるまいし、ええかげんにせえ」とおっちゃんはいったがすぐ、

「いや、そういえば、ぼくかて、子供のころは学校の先生いうもんは、情を通じたりせえへんもんや、と思うてましたな。——みんなええ年した、中年に見えてね」

「そうです、そうです、今から考えると、先生はあんがい若かったんかもしれへんけど、そのころはみな、思慮分別ある年輩に見えました」

「ことに昔の女の先生は、ハカマを胸高にはいて紐をきりりとしめ、いかにもけだかい感じ。そんな中年の女の先生が、男に抱かれてるなんぞは想像もつきまへなんだ」

「それは男のほうもでしょ、中年の男が女にたわむれてるなんて、どないしても考えられへんかった。これは、どうかすると、今でもその偏見の名残りがありますね、中年の、かしこそうな、シッカリした男を見ると、女と情を通ずるなどとは、いかにも思いがたい。その点では、『四十の人でもか、フーン』という、お嬢さんと同程度であるのデス」

「イヤ、それはちがう」

とカモカのおっちゃんはさえぎり、「男はよろしねん、中年、老年になっても、いくつになっても女を抱いててサマになる。しかし、われわれ男から見て、分別そなわった中年の女が、男に抱かれてるなんて、これは想像もできんのですな。考えただけでも当惑してしまう。男としては『四十の女でもか、フーン』という感じ。さしあたり、おせいさんなんぞ、こっちから見てそう思える。中年の女はおしとねすべりせよ、というのはしごく妥当な意見やと思いますな」

私は柳眉（でもないか）を逆立てた。

「失礼ね、こう見えても酒を飲んだら、やらせろやらせろという男の子の一人二人はいますよ」

「それは酒席の座興、男のお愛想というものです。四十のゾロ目になってる女にそんなこと本気でいう男があろうとも思われぬ」

とカモカのおっちゃんはなおも語りつづけたが、私の形相を見て話をかえ、

「しかし何です、例の起訴状は、四十でも情を通ずるもんだと若い者に啓蒙した点で、まことに意義がありました」

バカ。

―― 初潮 ――


キリストというのは、時にいやなことをいう人である。

「汝《なんじ》らパリサイびとよ、汝らは白塗れる墓窟《はかあな》のごとし、外は美しく飾れども内は汚辱にみつるなり」

私は、これは、アンネのときの女のことを、あてこすって、いうてはるのだと思う。それはヒガミだといわれればそうかもしれないが、いつもここを読むとき、何か落ちつきがわるい。きっと、キリストの皮肉だと思う。しかし全くその通りで、残念ながら認めざるをえない。

そして女は、「白塗れる」外の美しさを書くことはできるけれども、「墓窟のごと」き内の汚辱を書くことはできない。

いつか、私に、小説の注文がきたとき、

「こんどは何書こうかな」とつぶやいてたら、

「アンネのことは小説になりまへんか」と助言した編集者がいた。

そんなことが書けますか、夏の暑い日はむれてすごい異臭を発して、犬が鼻を鳴らしてどこまでもついてくるとか、現在市販されている生理帯《バンド》はみんなどこかが不備で、人によって前へずれたり後へずれたりして、万人ひとしく困っているけど、国会へもち出して論議するわけにはいかないとか、バンドは薬局に売っており、婦人が店番してたらいいと思うときにかぎって男の店員がいるとか、男のバンドは、現今はベルトといい、これは洋品店に売っているとか、そういうたぐいのことは、いやしくも淑女たる私には書けない。

まして昔は脱脂綿で、これはすぐぼとぼとになって困ったけど、今のアンネならびにその類似品は女性史上、画期的な発明であるとか、そういうことは私が書くわけにはまいらない。どうしてそういう「汚辱にみつる」内側が小説になり得ようか。

ただ、私がこの際、うたた感慨に堪えないのは、現代っ子かたぎの変遷である。

図表にするとこうなる。

私。昭和三年生まれ。はじめてのアンネは女学校二年生。〈感想〉ゆううつ。

一生涯、毎月こんなにじゃまくさいことがあると思うと、目の前がまっくらになった。

妹。昭和六年生まれ。女学校三年のとき。オイオイ泣いてた。

「やっぱり、オトナになったと思うのが、淋しくて悲しかったんやないかしらん」と、オトナになってから妹は注釈している。

私の知ってる女の子。昭和三十二年生まれ。小学六年のとき。

「やったァ」と舌を出した。「うん、知ってるよ、クラスの子もう、たくさんあるもん。ね、私のあれ、どこ。用意してあるんでしょ。でもいややな。おとうちゃんにいうたら、あかんよ。夫婦って、ほんとに、いやらしいんやから」

もう一人、私の知ってる女の子。昭和三十四年生まれ、まだない。

「ね、私のも用意してあるんでしょ、見せて」

とたんすをさがす。

女親は、かねての用意に、可愛らしい小さなバッグに詰めた、それ用のピンクのパンティや花模様のナプキンを見せる。女の子は、

「フ、フフフ」なんて、まんざらでもないようす。

「ふーん、こうなってんのか」などとちょっとひろげ、「これ、使うのね」なん

て楽しみにしてる。

二、三カ月して、また、

「ね、用意してあるの、見せて。どッこもやってないでしょうね、ちゃんとしまってあるね」なんて念を押す。

「どうしてかな。ウメモトさんと私だけよ、クラスで。ウメモトさんに負けたらくやしいな、ね、どうしたら早くなる？」

また数カ月後、がっかりした顔で帰宅してきて、

「きのう、ウメモトさんあったんだって。くやしいな、負けちゃった。どうしてやろ、なんで私だけ、ないのかな、腹立つな、タベモノのせいかな。間食しすぎるからとちがう？　ってウメモトさんにいわれた、くやしいな」

また、数カ月。

「もう一生ないのかもしれへんね。私、いいの。アフリカの奥地の無医村へ医者になっていって、シュバイツァー博士のあとつぎするんだ」

この女の子は変りものだということだが、私にはそうは思えぬ。アンネがないから、シュバイツァー博士のあとつぎになるという発想も、それほど突拍子もない無関係とは思えぬ。そういえば、「いま、何時？」ときいたら、

「何時やったらええのん？」ときき返すのも、「国語辞典」を調べていて突如、天を仰いで笑い出し、

「国語辞典に、〈国語辞典〉いうのん載ったァる」と笑い出すのも、さほどおかしいとは思えぬ。しごくまっとうなセンスである。

また数週後。やっと、あった。

しごく事務的な態度。

「うん、これがそうか。うん、わかった」

あっちこっちに散らかしたりする。女親はついてあるいて注意する。

「そうか、じゃまくさいもんやね、意外と。めんどくさいな、あんまり、よくないね」

いいものだとでも思ってたのかしら。

「おとうさんにいうたら、怒るよ、私」

そうして、いまや、三十二年生まれも、三十四年生まれも、もう何十年もおんな商売つづけているごとく、ものなれた手だれになってビクともせぬ。私たちのころは、その前後になるとメソメソ、くよくよ、ゆううつになり世をはかなみ、この世の憂苦を一身に担《にな》った顔になっていたのに、いまは恐れげもなくミニスカ

ートで走り廻り、惜しげもなくアンネを費消し、脱脂綿を洗って乾かして使ってたヒトケタ世代とはえらいちがい、ただ一つ同じなのは、

「おとうさんにいうたら、怒るよ、私」

というセリフと、その日のうちに女親が男親にいうてしまう、その「夫婦のいやらしさ」。

これはもう、太古このかた変らぬすがたであるらしい。

ワイセツの匂い

私の遠い親戚に道楽者の老人がいて、妾の家で死ぬという大往生を遂げた。私の子供じぶんの話である。

女学生の私にはすでに、妾というものがどういうものかわかっている。

それはよろしい。しかし次に、オトナたちが、

「妾いうたかて、あんた、もうあのおっさんは早うから、門口《かどぐち》でオジギしてはンねンから……」

といい、入れ歯もはずれんばかりに、

「ファッ、ファッ、ヒッ、ヒッ」と声を合せて笑い、私はいたく不審であったのをおぼえている。

門口というのは大阪弁で、玄関という意味である。玄関へ訪れてゴメン下サイ

とあたまをさげるのは当然ではないか。どこがそうおかしいのかと私は思いつつ、寝そべって『少女倶楽部』の「どりちゃんバンザイ」のマンガなぞ見ていた。

しかし、何か、ワイセツの匂いをかぎつけたから、今なお、記憶にあるのであろう。オトナというものは、いみじくもワイセツなものだと、子供心に私には深く印象されていた。

私のウチは大阪下町の商家で、使用人を入れて二十何人の大家族であった。而《しこ》うして女連中は、矍鑠《かくしやく》たる八十歳の曾祖母を筆頭に、大奥とでもいうべき、一大勢力圏を形づくり、曾祖母のトグロを巻いてる隠居所は一家の中枢で、大蔵省、人事院、文部省、厚生省、新聞社放送局を兼ねていた。

「門口でオジギする」などという話を交すのは、たいがいこの大奥幹部である。未婚の若い叔母や、若嫁である私のお袋なんかは列席をゆるされない。

もっぱら元老級のご老女たちで、あたまを剃《そ》って頭巾《ずきん》をかぶってる曾祖母、入れ歯の祖母、続き柄《がら》のしれない掛人《かかりゆうど》の老婦人、千軍万馬といった親類筋の老女、シャベリの女中、そういう妖《あや》しきお局《つぼね》たちが集まって、あけすけな話を交す。そうして私は子供であるとお目こぼしにあずかって、隅っこにいても、彼女たちは平気である。

「ネソがコソする」などという大阪弁も、そこで教わった。ネソはねっそりだと、牧村史陽氏の『大阪方言事典』にある。「おとなしそうにみえる人が、かへってかげでこそこそと、とんでもないことをしてゐる」という意だと、この本にはあるが、私はすでに子供のときに、この語感を知っていた。

裏通りのメリヤス問屋の手代、実直そうなまじめな男がひそかに主人の娘と通じていて、「娘のオナカを大きゅうしてしもた。あれがほんまに、ネソがコソするや」と曾祖母は歯ぬけの口でフガフガといい、私はまた「なんじゃもんじゃ博士」など読みつつ、あたまの中では、どこからかクダで息を吹きこんでせっせと「娘のオナカ」をふくらませているまじめな手代を想像していた。そうしておぎばなしにある、オナカをふくらませすぎてパーンと破れた蛙のイメージをそれに重ねたりした。同時に「ネソ」の男はゆだんならぬとも子供心に思ったりした。「ネソ」の男は、おとなしそうに見えるが、人知れず、後手にクダをかくしもっていて、人のスキをみては息を吹きこんでオナカをパーン！　といわせようと、ねらっているように印象せられた。それが、「コソする」ということであると、子供心に深く、うなずくところがあった。

長じて私は、「ネソがコソする」を標準語に翻訳しようと試みたが、むつかしい大阪弁の中でも、ことに翻訳しにくい語感であるようである。

東国には「むっつりＳＵＫＥＢＥ」という名詞があるが、「ネソがコソする」という、淫靡な動詞のかんじにはあてはまりにくい。

ましてや、どこからかクダをさしこんで息を吹きこんで、オナカをふくらませようとする意味をあらわすのは至難である。「ネソがコソする」は、所詮、「ネソがコソする」としか、いいようのない、あやしの語感である。他語に置きかえにくい。

そういう語感を、私は大奥のお局たちからちゃんと教わった。

また、新聞の広告なんかを子供のころに何気なく、声を出して読む。

「ハナヤナギ病……てなんの病気?」と一ぺんきいたことがあるが、そこにいたお局たちはいっせいに、

「フャッ、フャッ、ヒッ、ヒッ」と笑いさざめき、曾祖母は咳《せ》きこんで痰を懐紙にとりつつ、

「そないなことは、大きな声でコドモがいうもんやおまへん」とたしなめる。

「月やく、いんきんたむし」なんて大きな広告が、「蛇姫様」の新聞小説の下にのっている。私が声をあげて読むと、

「これ、そないなことは……」とたしなめられる。従って私は、人前で声に出してはいけないこと、いいことを自然に教わるわけである。

しかしながら、語感はともかく、「門口でオジギする」なんてことは、かなりのちになるまで、わからなかった。

たいがいの女学生は、よっぽどヘンな育ちかたをしたのでないかぎり、通常の家庭の女学生なら、男女のことわりは知識として仕入れるけれども、それでも、「門口でオジギする」ということの何たるかがわかるはずはないであろう。

ずうっと、ずうっとあとになって、やっと長年の疑問、一時に氷解、ということがある。

それからまた更にあとになって、また更に一時に氷解、ということもある。人間というものは長く生きてりゃ生きてるほど、アトになって思いあたることが多いらしい。

「イヤほんま、そういうことはありますな」とカモカのおっちゃん、「僕は連隊《れんたい》旗《き》、という言葉でしたな」

「連隊旗——って、あの旧軍隊の。兵隊が捧げ銃《つつ》をして、旗手がおごそかに捧げているヤツですか」

「さよう、名誉の連隊旗というヤツ。少年倶楽部の写真なんかでみたヤツを、いま、この年になってシミジミと思い出しますなァ」

「と、いいますと――」

「連隊旗みたいな女がふえました。老いも若きも、ですわ。フサだけ残って中身はボロボロです。イヤ、あとになって思い当ることは多いもんです」

男のオナカの情感

私の子供のころ、玉錦という横綱がいて、この人のオナカがすごく大きいので、何が入ってるのか、ふしぎでしかたなかった。

玉錦が盲腸になり、手術した。

すると、そのオナカは大部分脂肪であると新聞に書いてあった。私の疑問はそれによって解けたが、玉錦は死んでしまった。

しかし男のひとのオナカの出ているさまは、玉錦のせいかどうか、私には押出しがよくりっぱな感じで印象せられた。

かつまた、オナカの出てる男はりっぱで堂々として、毅然《きぜん》としてゆるぎなく見えていながら、内実は、あるいはもろい、やわらかい、たよりない中身ではないかとも思い、何かしら気の毒げな、いたわるべきモノのようにも印象せられた。

これも玉錦のオナカの印象のためである。

男の出っぱったオナカは、イイダコの中身にプリプリと詰まっているイイのようでなく、ふにゃふにゃの脂身《あぶらみ》であるように思われてならぬ。

便々《べんべん》たる太鼓腹、という形容は玉錦のものだったが、りっぱで、堂々としていながら、どこかもろい、庇護《ひご》すべきものの感じ——そんなものがまぜ合わさって私には考えられる。

たよりになりそうでありながら、また、たよられてみたい、という気にもなる。

私は、男のひとのオナカの出ているのは、だからきらいではない。そういえば、私は、男のひとのあたまの禿げてるのも薄いのも、きらいではない。初手からきらいな感じの男なら仕方ないけれど、もし好きになった男なら、オナカの出てる人でもあたまの禿げてる人でも、そばへいったらドキドキするほど嬉しくなる。

どうも考えてみるに、玉錦のオナカに親愛感をもったせいであろう。

男の容姿にも、こうでなくてはいかん、という注文はない。好きになった男なら、小男でも大男でも好きになる。男のひとは、女に関する好みがあるだろうけれど、少なくとも私にはきまったタイプはない。

ただ、ほかの女のひとはちがうらしくて、中年の女のひとで、あの青年の首すじがどうだ、とかこの若者の腰つきがよいとか、脚がすらりとしてる、顔のかんじがどう、などと夢中になって取沙汰し、品さだめしているひとがあるけれど、私は変人なのか、若い男の美しさというものに、うつつをぬかしたことはまだない。

若い男を見ても、若い娘たちを見るのと同じ、ちょうど花が咲き鳥が飛んでるのを見るように自然の現象の一部にしかかんじられない。どうかなったのかしらん、と不安になることがある。

それどころか、若い男が近ごろの広告写真なんぞで着物を着て写ってるのを見ると、じつに醜悪に見える。あれはじつにぶさいくである。細身にたけばかりたかくて、まるでふんどしを長々とひきずって歩いているよう、私は若い男というのにあんまり、美をかんじないのである。

着物というものは、腰骨が張ってオナカが出ている、横太りの男に似合うので、やっぱり、中年ぐらいからさまになる。

服を着てれば恰好いいかというと、たけだけしく細い容姿は、若者の唯我独尊のシンボルのようで、あわれさがない。

私はどうも、男のすがたというものにあわれさがかんじられないと、好きになれない。

軍人サンにはそんなものは要らないという人があるだろうが、三島由紀夫サンの楯の会に悲壮美がないのは、みんな若者で細すぎてオナカが出てないからだ。三島サンも、もう少しオナカが出てくるまで生きていて、オナカの出た体に楯の会の制服を着たら、あわれさが出てステキだったのに。

すべて男は、ある程度、オナカが出て、あたまが薄くならないと、いい情感を身辺に漂わせるに至らない。

ゴボーみたいに細長いのだけが取り柄じゃないんだよ。

この間、海上自衛隊へいったら、幹部の将官たちは、みんな押出しよく、ちょっとオナカが出てあたまが薄くなっていた。

昔はこの人々は、女学生あこがれの的の、海軍兵学校の生徒サンたちで、颯爽としていたのだが、さすがにお年がらである。そういう私のほうもいい年になっており、さながら、

「うら若き君がさかりを見つるわれわが若き日の果《はて》をみし君」

という歌の通りだったが、それでも、

「若き日の果」の男たちには、じつにえもいわれぬ味わいがあった。

軍服をまとっていてさえ、そういうオナカの出た男にはやわらかみのあるいい味が添うのであるから、まして普通の服では尚更のこと、それを男たちはオナカの出たのを恥じ、女たちは貶《おとし》めていうのはあさはかな見解というべきである。

中年の男でせっせと体力づくりにはげみ、というときこえはいいが、オナカの出ないように年よりのひや水ともいうべき鍛練にいそしんでいるのは、いやらしい心がけと申さねばならぬ（この際、同業者の範例ははぶく）。

私は何でも自然のままになってるのが好きだから、「いや、この頃、もう年でオナカが出てあきまへんわ」とうそぶいているようなのが、ほんとのプレイボーイではなかろうかと思う。

若いヤツが年よりの風をまねるのもいやらしいが、年よりが若いものとはり合うのも見ててしんどい。オナカの少々出てる男に嗜好をもってる女もこの世の中には多いはずで、女を見ればむりしてオナカをひっこめ、姿勢を正そうとするなんぞ、愚の骨頂である。

カモカのおっちゃんにいわせると、

「しかし、やっぱり女はスマートな男を好むのとちゃいますか」

「いや、そんなこと、決してないわよ。男は強そうで弱そうで、憎らしそうでやさしそうな、そんなところがあってこそ、りっぱなんです。それがオナカにあらわれてるので……」

と声を嗄《か》らしていってたら、おっちゃん憮然《ぶぜん》として、

「しかし、そない慰めてくれるのが、若いきれいな女の子ならええけど、えてして、そういうのは中年のお婆ンですからな」

とぬかした。

女の出撃

女のハンドバッグには何々が入っているのかと、男はいつも思うらしい。さしたるものは入っていないが、このあいだフーンと思うことがあった。

デパートの舶来品売場で、私はきれいな小函をみつけて買った。金属製の楕円形で、大きさは栂指《おやゆび》の腹ぐらい、フタは七宝焼きで美しい。何するものともなく買ったが、あとでケースの品名を眺めたら、

「ピル・ボックス」

とあって、なんだ、そういえば避妊薬のみならず、クスリを携帯するのに適した函である。

アメリカの女は、こういう美しい函にピルを入れて、それをハンドバッグの底にしのばせるのであるか。

「日本やったら何でっしゃろ」とカモカのおっちゃん、「やっぱり、コンドームでっか」

「いやそれは……」と私は赤面した、「玄人衆とちがいますか？　素人のＯＬ、家庭婦人、女子学生はまさかそんなことはありますまい」

「しかし、いざ出撃、というときには、やっぱりもっていくのとちがいますか」

「特攻隊やあるまいし。その用意は殿方でするものとちがいますか、いうならヨロイカブトは男のものでございますからね」

「男はそこまで気ィ使《つこ》てられまへんわ」

　といい合いになった。

「しかし、家を出るときに、ですね、今日あたりは、万一、ひょっとして、もしかしたら、という予感みたいなもの、期待、武者ぶるい、虫のしらせ、見通しみたいなものは、あるんでしょ、男が女とあうときは」

「それはまァ、ありますな。ハッキリ、そのつもりで出ることも無論、ありますが」

「するてえと、そういうとき、男は何をもっていきますか？　男の出撃には」

「まず財布でしょうな」

「あッたりまえでしょ」

「それからカミソリ」

「また、用意周到ね。ホテルに備えつけはないのかしら」

「ヨソのもんは衛生にわるい。下着、靴下をとりかえてきますな」

「そんなところですか」

「最大の準備は、女房《よめはん》をだまくらかすことです」

「それはもう」

「車もってれば運転免許、キイに地図、しかしまァ、女房へのいいわけと財布、男の出撃準備はこの二つに尽きますな。女はどうです」

「女は」

といいかけて私はハタとつまった。私は出撃したことがない。

「失礼な。そういう女だと思うんですか、しかしまァ想像してみるに、まず化粧道具、これは顔を洗うとファンデーションから流れますから、ふだんより本式にもっていかねばなりません」

「なんで顔洗うねん、洗うことないがな」とカモカのおっちゃんはしつこくいう。

「知らんけど、それからチリ紙。向こうへ着いてからフロントへ電話かけてチリ紙もってきて下さいというのは心臓に毛が生えないといえない」

「よう知ってはる」とおっちゃんは鼻白んだ感じ。

「チリ紙屋するのかと思うくらいもってゆく人もあるかもしれません。それからハンカチ、これは指環や腕時計をくるんでバッグへしまうため」

「なんで指環や時計をはずすねん」

「知らんけど。それから手帖。たいがい、女の手帖には×や○がカレンダーの上についてる。これは日ニチを勘定するためです」

「なるほど、オギノ式」

「それから針道具。ひょっとして服の裾とか袖つけが破れた場合、応急処置をするためです」

「何で破れるねん」

「脱ぐまで待てないようなセッカチの男もいるでしょうし」

「いやはや」

「しかし、最大の準備は、男が女房をだます如く、女はオギノ式で指折って数えるか、あるいは他の方法でしょうね。クスリのご厄介になる人もあるかもしれない」

「だんだん、いやになりますな」とカモカのおっちゃんはいった、「そういう作為的に準備して出撃するというのは現代人のいやらしさの最たるものですな、意気投合してパッとハプニングが起る、という、そういう大らかな男と女の関係はないもんやろか」

そんなハプニングを起されたら、女はたまったものではないのだ、ほんとうはそんな方が人生で意義あることとなのであるが、現実はいかんともなしがたい。オギノ式の日ニチはともかく、化粧品も足らない、下着も更えてない、ゆうべ髪を洗いそこねた、ホテルの風呂のシャンプーはいつも使っているのとちがう、などと、当惑することばかり。何ごとにも準備や支度はあらまほしきもの。やはり前もってスケジュールを示しておいてほしい。

女というのは、いいかげんスケジュールをきめられていても、当日はいろいろと差し障りの多いデリケートな生きものである。いざ出撃とパンティからガードルからスリップからドレス、つけ終ったころに、突然、月に一度の日をまちがえたお客さまが来たりして、また脱ぎ直したりしなければいけない、その煩わしさと手つづきの小むずかしさは、男には到底わからないことである。それに、何にも差し障りがなくても、用意してるうちに、急に出撃がおっくうになる、何のために、あんな男と会戦せねばならんのだ、などと思い出すともういけない、さればといって、では出撃中止するかというと、これも何やら心のこりである。女の心理と生理は複雑なのだ。

出撃直前というのは、特攻隊員もかくやと思うほど、千々に心がみだれるものなのだ、出るもゆううつ、出なくてもゆううつ、

「いったい、ほんならどないせえ、いうねん！」

とカモカのおっちゃんはいうが、女のせりふはたいがい、こうである。

「バカ、わからないの！　結婚してくれればいいのよ！」

—月のさわり—

「最上《もがみ》川　のぼればくだる稲舟《いなふね》の　いなにはあらず　この月ばかり」

という古歌は、古来意味深長なものとされている。しかし大方は、現在までのところ、「いいえ、そうじゃないの、イヤだっていうんじゃないのよ、ただちょっとね、いまはアレなのよ、ごめんなさい」

という解釈が行なわれているようである。であるから「月」は「月のさわり」のことだとある。

なぜこの歌をもち出したかというと、カモカのおっちゃんが例のごとく角壜一本を提《さ》げて遊びにきて、こぼしていったからである。

おっちゃんは先般、女子大生の美女を首尾よく誘い出すことに成功した。商売女のたぐいではないから、これは全く破天荒なことである。良家の令嬢を言葉たくみに旅に連れ出すなどというのは、おっちゃん如き中年男としては上出来であって、おそらく一世一代、腕にヨリをかけ、金をかけたのであろう。結構な温泉にはいり、結構な食事をいたし、微醺《びくん》を帯びて有頂天、さてこれから、結構なオトナの楽しみを極めんとする、まさにそのとき、令嬢は、

「おじさま、あたくし、今日アレなのよ」

と無邪気におっしゃったそうである。

私はきいてみた。

「おっちゃん、イカったの？」

「イカったね、これは。七転八倒しましたで。それならそうと最初から、いえばストトンで誘やせぬ。こらサギやないか、カタリやないか、ダマシウチやないか、けしからんです。人間のすることではない、天人ともに許さざる不徳義です」

大正フタケタ、昭和ヒトケタの男はいうことがオーバーだ。

「そういって逃げたんではないでしょうか」

「それはホンマのとこやったんでしょう、僕にアンネを買いにいかしようった。天真爛漫もええとこ」

「やっぱり処女というのは勝手がちがうね。なれないことをするからよ」

「いやしかし、玄人でもえげつないのがおりまっせ」

ゆきつけのバーで、かねてねらいし美女、これもやっとの思いでくどいて連れ出したが、まずは腹ごしらえ、というのでご馳走したら、食うわ食うわ、鮨にビフテキに天プラにお茶漬け、目から飯粒が出るほど食らって、さてホテルゆきのタクシーに乗ったら声ひそめ、

「ねえ、わるいけど、今日、あかんわ……そんなはずなかったんですけど、ごめんね」

「何や、親方日の丸か！」

とカモカのおっちゃんは、お年の知れる古語で叫んだ。

「シッ、大きな声したら運転手さんにきこえるやないの、いえ、いややいうてるのとちがうわ、ほんと、ごめんなさい、この次はきっと、ね」

失望と落胆で目の前が暗くなったおっちゃんを下ろし、そのままタクシーは彼女だけを乗せて走り去ってしまう。

「やっぱり、逃げられたのよ、どだい女にもてるはずない中年者が、身のほど知らずに浮気しようとするからよ。奥さまひとりを守ってりゃ、いいんです」

「いやしかし、女房《よめはん》でもえげつないもんでっせ」

おっちゃんはこのほど、古女房を連れて湯治場へいくという前代未聞の挙《きょ》に出た。いきたくていったのではない。人のすなる女房孝行をわれもせんとて、義務感、責任感で大奮発していったのだ。

古女房はさすがに機嫌うるわしく、年甲斐もなくはしゃぎ、それにつれておっちゃんも木石ならぬ身、平素は女とも思えぬ、たまたまズボンの代りにスカートはいてるだけというような、女の数にもはいらぬ古女房が、意外にイケルと見えてくる。久しぶりの妹背《いもせ》のちぎりに胸おどらして、いそいそと寄ってきたおっちゃんを、女房は鼻であしらい、一蹴し、

「今日はダメ、さっきアレになったの、シッシッ」

と追い払ったという。

「ほかにいいようもあるやおまへんか、まだしもホステスの方が、商売だけにうまいこといいよる」

とおっちゃんは慨嘆し、私はそれで、「最上川」の古歌を思い出したのであった。しかし、これはおっちゃんを追い返した当のホステスではないが、私の知り合いの、例の気のよいホステス、

「そりゃ、しょうがないわ」

といっている。

「ハッキリわかれば、この頃は遅らせたり早くさせたりできる便利な薬があるのやから、前以て服《の》んどきますよ。でも指折り数えて大丈夫やろ、というときが一番危ない」

のだそう。

「サギよカタリよといわれちゃ立つ瀬がないわ。だってこっちかて、アッと思うのよ。不吉な胸さわぎしておトイレに立ったら、アレでしょ。第一に考えるのは、しもた、申しわけない、あの人気の毒！ ということばかり。あたしこう見えてもリチギなのよ、どうして納得してもらおうかと、身も世もあらぬ思いがするわ。消え入りたい思い。だってあたしがいいかげんに手ぬかりしたのが無責任やったんやもん……」

と、このへんが、気のよい所以《ゆえん》、

「そんでね、ベッドへ戻ると、男の人は口笛なンか吹いて服ぬいでハンガーにかけて、ホテルの浴衣に着更えてるやない。もうそのイソイソして、うれしそうな顔見たら、ますます申しわけなくてね、うつうつとベッドに腰かけてたら、男のほうは気が変ったんではないかと、一生けんめい機嫌とったり、おべんちゃらいうたり、——ええ人やなア、思《おも》たらよけいすまん気がして、いえんようになって、……女かて、そら、気ィ使うのよ」

といっている。

しかし、カモカのおっちゃんは、そういうデリケートで気のよい女に会ったことはそれ迄の人生には一ぺんもないといっている。おっちゃんのようにデリケートな男には「シッシッ」と追い払う女がえてしてつくもので、デリケートな女には、日の丸だろうと何だろうと「雨天決行」する奴がつくものだといっている。それが人生の組合せだといっている。

——男の見当はずれ——

男には修養の足らぬ人間が多い。私は若い頃事務員をしていて、つくづく、思い知らされた。

会社で面白くないことがあると、男は、すぐふくれっつらをする。

声がとンがる。好戦的な言辞を弄《ろう》する。

ムーとした顔で、関係ない人に対してもあたりちらすのであります。

家庭へかえれば遠慮する人間が居らぬこととて、ひどい奴は女房をなぐる、食卓をひっくり返す、モノを投げる。而《しこ》うしてわめく。

「男は外へ出れば七人のテキがあるのだ、男の苦労が女にわかってたまるか!」

ああそうですか。

しかし、女には女の苦労があるのよ。

「バカモン、女に苦労があってたまるか、三食昼寝つきの結構な身分で、人なみなことをいうな！」

しかし、夜ですよ、あァた。夜の昼寝のほうは、いろいろ人しれぬ苦労があるわよ。

「ナヌ？　回数が少ないというのか、会社のタナカにきいてみろ、サトウにきいてみろ、オレが一ばん多いぞ、文句があるかというのだ、文句が。オレは男のするべきことはちゃんとやってるのだ。文句はいわせんぞ」

そうじゃないのよ、あァた。……

といいかけて、女房たちは口をつぐみ、みんなかげで、こそこそ苦労ばなしになる。

女たちにいわせると、どうして男たちはああもぶきようなのだろうという。

たいてい、ぶきっちょ。へたくそ。

女の心理も生理も、てんでわからない。

回数が多けりゃいいってもんじゃないのだ。

はじめの頃は、世なれない新妻だから、女から注文を出すなんて思いも及ばない。「たらちねの母が手離れかくばかりすべなきことは未《いま》だせなくに」——という境地を超えて、もう少し、何とかならないものかしらと思うようになる。

しかし何ともならない。

男ははじめから、自分のやりかたがわるいなんてつゆ疑っていない。だから、女が羞かしいやら、何かわるいような気がしていい出しかねているのもわからない。何でも自分本位で、自分さえ満足してりゃ女の方も満足してるように思う。

しかし、そういうわけにいかない。

世の中の男たちは、そういうとき、女という女、みんな立ち上がって亭主の非を鳴らし、ああせいこうせいと一知半解の性的情報を、うのみにして男どもの鼻づらとってひき廻すと思うかもしれない。性的イニシァティブをとってわが思うままにむさぼろうと狂奔《きょうほん》すると思うかもしれない。

しかし女の中にはまだかなり多く、たとえ夫婦でもそういうことを口にのぼせてあげつらうのは、ハシタないと思っている女たちもいるのだ。これは社会の階層や、個人の教養学歴には関係ない。

そういう女たちはあきらめてしまう。男というものは、ぶきようなものであり、自分本位のひとりよがりで、へたくそなものだと思ってあきらめる。男はそんなことは知らないから、「文句があるか」といっていばったりする。

女だって、思ってることをそのまま口に出すのはハシタないと、じっとこらえている人間もいるのだ。男は信じないかもしれないけど。

そうして男が見当違いのことに汗をかいているのに、タメイキついたりしている。「そことちがうけどなあ」と思ったって、いうことのできないデリケートな女もいるのだ。

しかるに男というのは、たいがいデリケートではないから、女が口に出しやすい雰囲気をつくってくれない。

「そうでしょ、たいてい男というものは自分がよければ女もいいと、なぜか思いこむでしょ」とカモカのおっちゃんにいったら、おっちゃんは、小首をかしげ、

「それはまァね」

「そういうとき、男は何というか」

「ええやろ、と女にききますな」

それがいけない。そういうときわるいとはいえない。汗かいてがんばってる男に、あまりよくないとありのままにいうことは、情《じょう》において忍びない。気のやさしい女は、お愛想さえいったりする。

すると男はますます、いい気になる。女が心中タメイキついてあきらめてるの

に、てんであらぬ方へボールを投げたりする。そうしてひとりで喜んでいる。じつにやりにくい。

見当はずれというほど悲しいことはない。

第三者がみてるとユーモラスだが、本人は悲しい。(尤も、ユーモアというものはかなしいものだ)

あんまり悲しくて笑ったら、男は女を喜ばせたと信じてハッスルして有頂天になる。

なさけなくなって泣いたら、男は女を泣かせるほどの腕になったとうぬぼれて、ますますあらぬ方向へ精出して励む。

どっちへ廻っても男の見当はずれは度しがたい。

百戦練磨の女なら、どこが、どのくらい見当はずれだと指摘できるのであるが、経験乏しい素人の主婦や女たちにそれがわかるはずなく、彼女たちは寄るとさわると、

「何となく、ピントはずれで……」

「でも、こんなものかと思うけど……」

なんて、大和撫子らしく、つつましくあきらめてるのだ。

「しかし、それでは夫婦和合できまへん、やっぱりちゃんというてもらわな」

とカモカのおっちゃん、

「やっぱり向き向き、好き好きということはあるもんやし、ああでもないこうでもないと双方、あんばいすることが、和合の秘訣ですな」

というが、そこが男の修養の至らなさで、たいてい気短かのわがままが多く、ヒトのいうことに耳傾ける度量のあらばこそ、だいたい、元々男がそういうたぐいの人間ばかりなら、タメイキついて亭主の見当はずれをあきらめる女房はいないわけだ。

「ほんならどうしますねん」

とおっちゃんはいうが、女としてはどうしようもなく、汗かいて働いてる男に、

「イヤ、ご苦労」と思うだけ。

――パッ、サッ、スカッ――


「入れ墨を　消す気になれば　夜《よる》が明け」

という川柳があるそうである。入れ墨というのは、腕なんかに、たとえば、

「カモカいのち」

とか、

「おせい命」

なんて彫ってるアレである。この際の入れ墨は背中の金時や自来也ではないのだ。ナニがすんだあとは、愛を契ったはずの入れ墨さえ消したいくらいだという意味らしく、しかし私は女ゆえ、使用前、使用後のちがいはよくわかる。そんなにちがうものだろうか。

「すんだあとは入れ墨どころか、女まで消しとうなります」とはまたカモカのお

っちゃん、えげつない奴。

「ではたとえばお金なぞは事前にもらっとかないと、あとではもらえなくなる恐れがありますね」と私は女の側に立っていった。

「まあ、そうですな。前やったら二十万円でも払うが、すんだあとは二十円でも払いとない。こっちがもらいたいくらいや」

「ようそんなこと……」

「朝見たらオバケみたいな奴で、側でいつまでもいぎたなく眠りこんでるのん見たら、枕、蹴っとばしとうなる、やった金も取り戻したい」

「そんなこといって、またしばらくすると、恋人のそばへヒョコヒョコかえっていったり、商売女だったりすると、また金をもって出かけたりする。そうして、入れ墨は二つ並んで入れたりするのとちがいますか」

「そら、わかりまへん。そこが男というもんです。すんだあとは、もうこんりんざい、ごめんと思うが、また暫くするときれいに忘れて一からはじめます。そやからこそ、商売女というもんが、いつまでもすたれへんとつづくのです」

ちなみにいうと、私は金でセックスを買う男というものが、どうしてもわからない。しかしこれは私だけのハンチクな考えかもしれない。何となれば近頃は女でも男を買っている。

私の知人の美しき婦人、団体旅行で香港へ出かけ、人数が半端のため、二人用の部屋に彼女一人寝ることに相成った。すると夜、ボーイが来て、

「奥さん一人いるか？」という。

彼女は女一人と侮《あなど》られては如何《いか》なる理不尽なことをしかけられるやもしれぬと狼狽《ろうばい》し、

「ノー、二人、二人！」と叫んだら、

「二人いるか、よろし、二人なら安くする」

といったそうで、これで以てみるに、かなり女が男を買っているのだ。その実績あればこそ、ボーイが独り寝の女のドアを叩いて注文を取って廻っているのだろう。彼女はよけいあわてて、

「いらない、男は不用！」とどなったら、ボーイはにやっと笑って出ていったそうだ。

あるいはこの女、自分だけでこと足らしてるのかと思ったのではあるまいか、と彼女は腐っていたが、男を買う女があんがい多いと知って私もびっくりであることほどさように私は世間知らず、物知らずである。

「まあしかし、女が男を買うよりは、男が女を買う方が多いでしょうな、女はすぐ愛の恋のと、モヤモヤムードが出て、金で片付かん、そこへくると男はパッと金を出し、サッとやり、スカッとする、これで一巻の終りです。パッ、サッ、スカッです。まァ、ラジオ体操みたいなもんでんな」

しかしねえ、何が悲しくて金出してラジオ体操しなけりゃいけないのです。家へ帰ればタダのがあるのに。

それは、家で飲めば安いのに、わざわざ外で高い酒を飲みたがる、不可解な男の習性と似ている。ともかく男はすることなすこと矛盾だらけでありますよ。

「いや、それは、家やとあとが煩《うる》そうてかなわんからだ、ラジオ体操やと、あと床を蹴って飛び出してくりゃしまいです。しかるに家ではどうか。ベタベタムードがついてまわっていやらしィてかなわん」

「といいますと……」

「男は入れ墨を消したいくらいの気であるのに、却って女房はひっつき廻ってくる。女房やと枕を蹴っとばすわけにもいかん、やった金を取り戻すわけにもいかん、しかしもう顔見るのもいやな心持」

「そこがわからない、いやなら、はじめからするはずないでしょ」

「わからん奴やな、おせいさんも。はじめは、やな、男はカッカしてるから女やったら誰でもええねん、この際、女房でも致し方ないと思う。しかし、すんだあとはげんなりする、見るのもしんどい」

「そうかなァ」

「しかるに女房のほうはイソイソして朝っぱらから鼻唄の連続、いつになく早起きしてメシの支度なんか念入りにしよって、起しにくる顔みたら化粧なんかしよって、こっちは、家まちごうたんか思うてびっくりする」

「結構じゃありませんか」

「男のそばへ寄りたがってさわりたがって、今日は何時ごろかえるの、ごちそうしとくわ、あらパパまたネクタイまがってる——ベタベタするな、ちゅうねん」

「そこが女の情《じょう》の深いところよ」

「いつも、そう情が深ければよろしいよ。しかし少々御無沙汰するとどうですか、ブーとふくれた顔をこれ見よがしにつき出してのし歩き、つんけんと子供に当りちらし、芋の煮っころがしに目刺のオカズをあてがい、夜はふてくされて一人先に寝こみ、ことさらしきためいき、泣き寝入りというのがあるものなら、女房のは怒り寝入り、夢の中まで怒り声の寝言、いがみ合いの歯ぎしり、腹立ちまぎれの屁《へ》こく。それがいっぺんナニすると、打ってかわって朝はランランランの鼻唄で、化粧の、しなだれかかりの、今晩何時ごろかえるの、という鼻声です。これがぞっとせずにいられますか。てのひら返すというがあまりといえばあんまりですわ」

おっちゃんはひといきにいい、しばし瞑目《めいもく》、

「男は万人ひとしく、すんだあとは入れ墨を消したい気持、同じことなら、パッ、サッ、スカッとしたラジオ体操を好む所以《ゆえん》です」

―里心―

色町のチエの一つに、客が用足しに立つと、すぐ妓《おんな》がついていって、廊下で話しかけたり、出てきた客に手水《ちょうず》の世話をしたりして、客の遊心をつなぎとめるというのがある。

これは全くそうで、便所の中にひとりいて心静かに用を足してると、何となく白けて興ざめるものである。

大方《おおかた》の男は、結構なる女性がついてきて、遊心をつなぎとめるという手厚い待遇を受けるような目には会ってない。たいがいカウンターのつき当り、ほとばしる水音が客席にもれ聞こえてくるような安酒場のトイレで、ひとり用を足すもんだ。

而《しこう》して暗い灯のもとで酔眼を朦朧《もうろう》と見ひらいて時計に目をこらし、今、何時やろ？　となかめ、あれッ、もうこんな時間かいな、ひえっと目をうたがう。そうして頭《こうべ》をたれてすぎこし方《かた》、身の行く末に思いを致し、はかなげな水勢を見つつ、あれこれわが身の所業をかえりみているうちに、愕然として一瞬、われに返るものである。

「ああ　おまへはなにをして来たのだと……

吹きくる風が私に云ふ」

よって大方の人は、蹌踉《そうろう》と席へもどって、夢からさめた人のごとく、

「ほな、ぼちぼち、いこか」

などといったりする。

こういう、里心のつく一瞬は、便所の中のほかに、ジャリ（子供）がしゃしゃり出てくる時もある。これも困るものだ。オトナの席に出てくるジャリというのは、里心というよりも、風船がしぼむごとく、遊心を萎えさせ索然たる心境にさせる。

これは里心というより、人を本心に立ち戻らせるから困るのである。

ジャリがウロチョロすると、せっかく忘れている浮世のきずな、義理のしがらみを思い出させてしまう。便所どころの騒ぎではない。

ジャリは人のはずべき、隠すべき部分であります。

プライベートな、かくしどころであります。

人に自慢するなどとは以てのホカである。

会社の机上のガラス板の下に忍ばせて、日々仕事のあい間にうちながめてニンマリし、飽かずヨダレをたらしてるのはいやらしいが、しかしそれは会社だから、許される。

酒を飲むところへ来てまで、定期券入れに入れたジャリの写真を見せるなんて男の風上にもおけない。こんなことされちゃ、いかに好もしい紳士だと思っても、百年の恋も一時にさめはてるから、淋しい。

女が子供の自慢する、というのは、これはいわば「われ讃《ぼ》め」自画自讃、みたいなもので、さもあらんというところがあり、まァ仕方ないと情状酌量の余地もあろう。しかし男は困る。男は女房子どもは、家のシキイを一歩またいで外へ出るが早いか、精神的に離縁してほしい。

一個の男として行動してもらいたい。(酒席では会社より殊にそうである)色ごとの場では、いわずもがなである。

この頃の男、昭和ヒトケタ前半ですら、

「ウチのチビがなあ、こないだ学校で……」

なんていったりする。だらしない。

「連合赤軍みたいになったらどないしよう、思《おも》て心配やねん」

なったっていいではないか、腕白でもいい、逞しい赤軍になってほしい。どうせ他人の子だ。

「子供にも〝恍惚の人〟読まそか、思てんねん。いまに老後見てもらわんならんさかい」

これでも男か、と思う。女がそういうのなら話は分るが、大の男が子供に老後を托そうとヌケヌケいうところが、なさけないとも何とも。

男は一匹の老いたる狼となって曠野を行け。

内心はこの子にかかろうと思ってても、ヨソの女にそんなことしゃべるな。

男にジャリの話をされると、女はどっち向いてたらいいのか、わからない。いたく相槌《あいづち》に困るのだ。色けもとんでしまう。

しかたないから、作り笑いして、

「かしこいのねえ」などといい、

「先がおたのしみねえ」というと男はもう有頂天。

しかし女は酔いも恋もさめて、時計を見て、まだ終電に間に合うわ、なんて思ってる。

それから、独り者の女なら、自分も早く誰かと結婚して子供作ろうかとか、家庭もちの女なら、ウチの子はもう寝たかしらとか、里心がついてしまう。

おたがい、ジャリの話は外ではしないようにいたしましょう。ジャリのことしか、いうことがないというのでは、人生あまりにも哀れ、ジャリのことを自慢するよりは、わが道具、女房の道具を自慢するほうが、まだしもマシである。

自宅をたずねてジャリが出てくるのは、これは仕方ない。財閥ではあるまいし、どこの家も似たりよったりに狭いから、ジャリはちょろちょろ出没する。しかし、夜に入って酒が出る、食事が出る、そういう席までジャリが出てくるのは困る。坊やいくつ？　からはじまって、お歌をうたったりお遊戯したり、オトナの注目と関心をあつめたとみて、いけすかないガキはますますのさばり、わがもの顔にいいほたえまわって（はしゃぐ、ふざける、という意の大阪弁）いちびり（調子にのってつけあがる、さわぐという大阪弁）、それを、亭主も女房も目尻下げて見てる、なんてもう、私は弱るのである。

いい男であると、子供は隣室で眠らせ、あるいはテレビをおとなしく見させ、見ぐるしきボロはみな隠し、酒席にまでのさばらせない。そういう男は外でもジャリのジャの字も口にしないようである。かくしどころは、ちゃんと包み隠しているのである。里心の出ないように、現実的な話はしないのである。

これは、男だけに限らない。女だって、外では亭主や子供のことは考えまいとして必死に飲んでいる。その悲愴感は「桜桃」を書いた太宰治より、強いのである。里心は男より女のほうが専門だからだ。それでも歯をくいしばって酒を飲んだり、色けのある話をしようとがんばってるのだ。まして男ががんばってくれなくちゃサマにならないではないか。

——名器・名刀——

名器というものにはふた通りの説がある。

一つは先天的に、肉体の構造上、あるものだという説である。

もう一つは、女が愛情をもったとき、誰でも名器の状態になるのだという説である。

川上宗薫氏などは、前者の説をとっておられるようである。而して、おおむねの男性は、そうらしい。

この世に名器があり、いつの日かそれにめぐりあうことを、見果てぬ夢のごとく思い描いている男たちは、その存在を疑いたくないのである。

これに対し、女たちはたいがい、後者の説をとるようである。

女には自分が鈍器だと、信じたくない気持がある。

もし鈍器だとすれば、それはタマタマ、そういう風にさせた相手がわるいのだという気がある。ほんとうに愛情こめて、愛を交わすことができたら、みんな名器のハズだと信じている。

この考えは、経験の少ない男性も、時に抱いていることがある。だから、この質問を男に試みると、彼の女に対する経験の有無がわかる。

カモカのおっちゃんをためしてやろうと思う。

「名器はほんとにあるものだと思いますか、それとも女が、相手の男をほんとに好きになり、身も心も、という調子で燃えたとき、名器になると思いますか？」

おっちゃんは酒をひとくち、すすり、しばし小首をかしげ、

「そら、どんな女も燃えたときは名器です」

これで、おっちゃんには女の経験が貧弱だとわかった。ほかの道具を知らず、あてがい扶持《ぶち》で満足していれば、それを名器と思いこむこともあるわけだ。そうしていっとき、ほんのちょんの間の、刹那的な美しい錯誤の愛を、ホンモノの名器と信じているのだ。

しかしまた考えようによると、それでもええではないか、と思われる。

男でも女でも、その生涯に豊富多彩な性体験を思いのまま積むことのできる人

が何人いるだろうか。

環境、経済力、体力、だけでなく、性格的にも、できる人とできない人といるであろうし、名器が先天性か、愛情の結果か、という論争は無意味である。

ただ、おおむねの男たちは名器願望があるらしいのに対し、女には名刀願望はないのである。あっても、ごく少ない。

男は東に名器ありと聞けば、名物に美味《うま》いものなしと思いながら、走っていってこれをためすところがある。西に名器自慢の女あれば、ほんまかいな、とひやかしながら、大いに心そそられたりするところがある。

しかし女は、名刀、ワザモノ、剛刀、稀代の逸物《いちもつ》と吹きこまれても、ピンとこなくてもどかしい。

ナゼカ、名刀には興味ないのである。女は情緒的なムードの方によわいので、たとえワザモノでなく、なまくらであっても、竹光であっても、ムード的なほうに比重が掛ってしまう。

男は名器をもっているというだけで、その女に存在価値をみとめてしまう。

しかるに女は、名刀に目鼻をつけただけでは困るのである。いかな名刀所持者であろうとも、それに加えるに男の魅力がなくては、名刀が名刀にならない。

男みたいに、名器さえあれば、目鼻もいらぬ、口が利けなくともよい、というのではないのである。

そこが男と女のちがうところだ。

ほんとうに、男と女はくいちがいだらけだ。これでは永遠にわかりあえっこない。

男たちはわが身にひきくらべて、女にも名刀願望があると思い込んでるから、女をくどくときに、わが名刀自慢なんかする奴がいるのである。相手がつつましい女なら殊更、

「いっぺん、試してみい、て。そら、びっくりするわ」

なんてけんめいに売り込んだりする。

女は気乗りのしない顔で、あんまりうれしそうでもなく、男はよけいカッカして汗かいてサイズを説明したりして、見てたら、名刀自慢の男、バカはバカなりの可愛さがあるものの、見当ちがいもいいとこで気の毒になる。

よっぽど飢えてるか、未経験かの女でない限り、あるいは女ばなれした好奇心をもち、むしろ男の領分に近づいた、経験のありすぎる女でない限り、名刀自慢にくどきおとされることはないのだ。

たとえ名刀に手をもちそえてさわらされ、これ、この通り、とやられても、

「ハァ」

と気のぬけた返事をしてきょとん、とし、あとで私に向ってひそかに、

「鉛筆かと思《おも》た」

と告白し、あらためておのが亭主の方が剛刀であると見直したりして、

「男の人ってみな同じじゃないのね、千差万別ねえ」

とふしぎがっている女もあるのだ。男があんまり見境なく名刀自慢をやらかすと、恥をかくだけであるから、つつしまれるがよかろうと存ずる。

ところで私はというと、名器、名刀にも相性《あいしょう》というものがあるのではないかと思う。それがすなわちムードや情緒や愛情というものかもしれないが、私にいわせれば「相性」である。いや、名器には相性なんてない、万人ひとしくみとめるからこそ名器なのだ、と男はいうかもしれぬ。それでは百歩譲って、名器はともかく、名刀は絶対、相性のものですよ。

相性があわなければ、名刀もあたら宝のもちぐされである。よき相性をもった、よき相棒にめぐり合うことがすべてであって、万人ひとしくみとめる名刀なぞ、なんの女がうれしいものか。女の欲しいのは、相性のいい相棒だけ、それも自分

だけの相棒である。

「ふん」

とカモカのおっちゃんは鼻を鳴らし、

「相棒か、愛棒か知らんけど、どだいそれが何ぼのもんやねん、長い人生、色ごとは束の間の夢ですよ」

と悟ったことをいった。これは近来衰えたる兆《きざ》しであろう。

――生めよ殖やせよ――

戦時中は、標語が多かった。

私がいちばんきらいな標語は、「生めよ殖やせよ」であった。

いったい、戦時中の標語というものに、たのしい、うれしいものはない。

それは当然である。

倹約、耐乏、克己、自制、忍耐を強い、叱咤激励するものばかりである。戦争というものは犠牲を要求するものだから、しかたがない。

「ガソリンの一滴は血の一滴」

「ぜいたくは敵だ！」

「欲しがりません、勝つまでは」

「元帥（山本五十六のことだ）の仇は増産で！」

などの上に、標語の主とでもいうべく、金色サン然として君臨している標語は、「撃ちてし止まむ」で、戦争の完遂、敵のセン滅をうたうものであった。

それらのものは、まだよい。戦時下のマジメ女学生として拳々服膺《けんけんふくよう》を誓うべき、立派な標語に思われる。私は「かよわい力よく協《あわ》せ」の歌の通り、神国日本の勝利を信じて疑わず、動員先の工場で、学徒工員としてけんめいに旋盤を操っていたのだ。

しかし、「生めよ殖やせよ」などの標語にぶつかると困ってしまう。

どっち向いてたらいいのか、わからない。はずかしい。

この標語も、当時の軍部としては当然のモノであるかもしれない。厖大な数量の兵員を投入しなければならないから、補充に追われる。次から次へと兵隊は要る、早く生め、殖やせ！　と、女たちの尻を叩きたい心境であったろう。人口政策なんて高尚なものではない、もっと焦眉《しょうび》の急の、思いつきである。いろんない廻しを考えていられない、あわてふためいて軍人は筆をとり、ムキツケに書きつけ、配りつけたのが、

「生めよ殖やせよ」

である。

「あんまりハッキリしすぎてまんなあ」とでもいう人があれば、軍人はロヒゲをひねり、剣の柄《つか》を叩き、

「どこがいかんねん、この通りやないか！」

と怒号したであろう。

しかし、生む、なんてそもそも、ニワトリの卵じゃなし、ポコッポコッと無精卵ができるというわけにはまいらないのだ、生む、殖やす、という作業の前には、もう一つ工程があるのだ。繊細敏感な思春期の女学生としては、「生めよ殖やせよ」ということから、その前の工程に思いを馳《は》せ、すると、その標語を見ただけで動悸がし、顔赤らみ、こんなコトバを堂々と衆目に曝《さら》してはじない、オトナ全般の無恥ぶりを憎悪せずにはいられないのだ。

更にそれからして、戦時中のオトナのいやらしさかげんといえば、われわれコドモがいるのに、近所のおじさん、おばさん相寄り、町内の復員した男たちを、「種付けに帰させた」と声高に噂しているのだ。戦争も末期になると、復員なんてことはなくなったが、まだ、早いころには、戦時中にもかかわらず除隊になって内地へ送還されてくるのもいたのである。復員の男たちはたいてい、再度、応

召されて出ていった。しかし二度めのお召しのあるまでに、その妻たちはおめでたになるのも多かった。そうしてオトナたちは、それを以て政府、軍部の工作の結果によるものと考え、「種付けに帰さしよった」などとしゃべりちらすのである。

無垢な、新雪の如き乙女心が、いかに傷《いた》めつけられたかは、想像の外である。乙女の私が憎んだのは、「生めよ殖やせよ」といい「種付けに帰させた」という、その作為的な発想に対してである。乙女の私は、愛は、作為や人工のものであってはならないと思っていたのである。

「種付け」などにいたっては、言語道断である。男女が愛を交すのは（その実体は、むろん、知るよしもないが）種を付けるためではない、とかたく信じていた。では何のためかといわれると困るが、それらはすべて自然発生的なものだと信じていた。生むも殖やすも派生的なことであって、それを主体にするとは主客転倒である。しかるに女学校の体操や徳育でさえすべて、健やかな子供を生むための、健やかな母たるべし、というのが目標であった。どっちを向いても本末転倒だらけ、いやらしいが、中でも「生めよ殖やせよ」と「種付け」は許せない。人間に対する冒瀆《ぼうとく》である――なんて高尚なことを考えたのではない、ただ、神経にさわっていやらしかっただけである。

しかし、妊婦たちは、堂々として歩いていた。銭湯へゆくと、湯上りの妊婦が立ちはだかって腹帯を悠々と巻いている。

サラシなんぞは入手困難な時勢であったから、日本手拭い、あの字や日の丸を染め出して額に鉢巻きしたりする、あれの古手を何枚も縫い合わせて、腹帯にしている。

ちょうどオナカの上に「堅忍持久」などという字がバッチリきて、いかにも似つかわしく、更にもうひと巻きすると、「神風」などというのがきて、これも適切、風を切って「そこのけ、そこのけ」という恰好で、オナカをつき出して突進するのが、乙女の私には、悶絶せんばかりのはずかしさであった。

オトナというものは、もう処置なし、だと思っていた。「生めよ殖やせよ」と連呼し、「種付け」にせっせといそしみ、大きなオナカを見せびらかして闊歩《かっぽ》する。女学生にとって、オトナは怪物である。なかんずく、妊婦を見るのがはずかしいということに、女学生自身、耐えられない。妊婦をはずかしがっているということを、人に知られるのがはずかしい。女学生の羞恥心は屈折しているのである。女学生の想像力が、途方もなく鋭敏なために、オナカの大きくなる因果関係に思いをはせ、七転八倒してはずかしがっているのである。

外へは、はずかしがっていることを見せられない。「何ではずかしいねん」といわれるとよけいはずかしい。はずかしくない顔をして、はずかしがっている。そんな女学生が私であったのだ。

それにくらべれば、まあ、いまのおせいさんはどうであろう。近来とみに中年太りした私は人が「おめでたですか」というと、これは地腹《じばら》であると大声で答え、普通の既製服では合わぬのでマタニティドレスの売場を漁《あさ》り、ときによるとワザとオナカをつき出して電車の中では席をせしめるのである。

―いとはん学校―

「今でも大阪では、娘さんのことを、いとはんとよびますか？」

と東京人によく聞かれる。

今はあんまりいわないようだ。たいがい戦後は「お嬢さん」で統一されてしまった。

それに、「いとはん」はみな近郊へうつり、船場に昔ながらの住居をもっている大家《たいけ》もなくなった。土一升金一升、ビルが建って高速道路が頭上を走る大阪市内に、住んでいられるわけがない。

「いとはん」は、だいたい、大家の娘の呼称であって、あんまり熊公八公の娘には呼ばぬようである。いとはんのいとは「いとし児」「いとけない」のいとだといわれる。古語では、男女両方を指すが、近世はもっぱら娘である。「いとしい和子さま」という意味なのだ。大阪弁というのは古雅なものではないか。

娘が何人もいると、大《おお》いとはん、中《なか》いとはん、小《こ》いとはんという。私たちが小さい頃、よく聞いたのは、小いとはんを略した「こいちゃん」「こいさん」という言葉である。

「こいさんのラブコール」なんていう歌もあるが、「恋さん」ではなく「小《と》いさん」なので、妹娘のことなのだ。私の友達にも「ウチのこいちゃんがなあ……」と妹のことを話す子がいた。町内の噂話に、「おヨメにいかはったのは、××はんの、こいさん、いとさんの方だす」などという。

これも、あまりに貧弱な家には使わない。

而して、やや品下《しなくだ》れる向きの娘には何と呼ぶかというと、「いとはん」の「と」から転じて「とうちゃん」というのがある。父ちゃんではなく、嬢《とう》ちゃんである。

私のウチは写真館であるが、私は町内のおじさんおばさんから「嬢《とう》ちゃん」と呼ばれて育った。妹は「小さいとうちゃん」である。松竹梅のクラスがあるとすれば、その下の梅クラスは「娘はん」である。私も陰では「写真屋の娘はん」であったろう。

「お嬢さん」という言葉は品格からいうと等外というにやあらん、しかし、すべてをこれで統一するというのも、民主的でよかろう。かつ、現代のいとはんは、たいがい芦屋、西宮、御影、宝塚、あるいは浜寺、帝塚山に居宅があり、甲南女子大、聖心、神戸女学院、帝塚山短大などへいったりしてテニスの妙手、ピアノの名手が多かったりし、万博コンパニオンなど遊ばして、財閥令息と結婚、ゴルフのうまい、美しく若き副社長夫人などにおなりになるのだ。

「十七や難波はふるき中《なか》船場
　すだれの奥に　琴弾《ひ》きにけり」

というのは、茅野雅子の娘時代の歌であるが、彼女は明治の道修町《どしようまち》の薬種商の娘である。奥ふかい座敷ぐらし、外へ出るにも縁先から俥《くるま》で、土を踏んだことのないという生活だったそうだ。そういうのこそ、「いとはん」であったろう。

ところで、私が入学した女子専門学校は、古くからそのたぐいの浪花のいとはんが多く入るところであった。私一人が、場ちがいだったわけである。

私は女専へはいって、あまりにも校風が優美柔弱であるのにおどろいた。その前の女学校で、われわれの年代の少女は、すっかり体質改善されていたからである。時局にかんがみ、ことごとく軍隊式秩序になって「気をつけッ！」や「かしらァ中ッ！」という号令に慣れていたのだ。しかし女専は、そういう煩わしいこともせず、先生方も、一人前のレディ扱いで、上級生のおねえさまも、たよたよした風情、われわれのように「ハイッ」「そうであります」「いいえ、ちがうのであります」などと直立不動の切口上でしゃべったりしない。

私たち新入生は、ずいぶん柔弱だと思ったが、上級生も、「えらいハキハキした人らや」とおどろいたそうだ。そしておねえさまたちにいわせると、

「これでも、だいぶ軍隊式に、新時代ふうになったんやわ」

ということだった。上級生や先生方の話では、その五、六年前ぐらいまでの生徒は、全くのいとはん育ちが多かったそうである。教室であてられても、ナヨナヨと袂を握って、

「調べてけえしまへんなんだよって、わからしませんのだす。ごめんやす」

などという。着物にグリーンのはかま、絹のくつしたに黒い編上げ靴、というのが制服で、着物は銘仙にきまっている。みんな、ガツガツと勉強する人もなく、黄色い声で、

「お早うございます」

といい交し、教室といっても女紅場《にょこうば》のかんじ、のんびりおっとりして、みんな運動神経がにぶく、中には、作文を書くのに、どうしても原稿用紙の桝目《ますめ》に字が

きちんとはいらない、というような鷹揚《おうよう》ないとはんがいたらしい。先生に注意されて、恐縮しながら、

「性分《しょうぶん》でんねん——なおらしまへんのだす」

といったそうだ。

そういう伝説的ないとはんは、もう私たちの入学した年、見ることはできなかったが、それでも、私たちより二年上ぐらいの最上級生には、まだその片鱗はあった。その頃はもう、制服はレディふうの紺スーツになっていたが、タイトスカートの細腰が楚々《そそ》として、ずんぐりむっくり、芋太りの軍国女学生とはえらいちがい、色白く声ほそく涼しげなおねえさまたちが校内を案内してくれる。私は国文科だから国文科の美しきおねえさまがついてきてくれる。

「ここが図書館、ここが食堂。——あれは寮」

地方から遊学している生徒のために、校内の一隅に簡素な寮があったが、おねえさまはその寮の中まで見せてくれた。四畳半の美しい日本間、窓があって押入れがあった。机上はきちんと片付けられ、花一輪、いかにも女の子の部屋。おねえさまは何思いけん、押入れをあけて私たちに見せた。下の段にはこまごました荷があったが、その空間を指して、

「ここでなあ、ひとりではいるのん好きな人いやはるねん……相部屋の人が帰ってきて、うなり声するさかい、びっくりしてのぞきはったらまっかになって汗かいてはってん」

「病気やったんですか？」

と私がきいたら、美しいおねえさまは肩をすくめてうす笑いし、

「二人ではいって汗かいてはるひともいやはるねン……」

押入れの利用方法は代々のいとはんに伝承されているようであった。

―浮気心―

日本では売防法はあるものの、その種の女がいっぱいおり、それを求めて金を落す男もいっぱいいるのは、周知の事実である。

「社会主義国ではどうですか」

といったら、

「中共だけは試みていませんが、その他はどこにもおります。これは身を以て探究しました」

という猛者《もさ》がいた。

ただし、その紳士がいうのに、各国、「その種の女」がいない国はない、ただし、それ用のホテルとタクシーは、ある国とない国がある、という。ちがいはそれだけである、という。それゆえ、ない国では女の部屋や女の友人の部屋を使ったり、タクシーの代りに汲み取り車（外国にはなかったかしら？）を使ったり、郵便車の運転手に鼻薬利かせて白タクさせるのだそうだ。何しろ、どっちをむいても国家公務員だから、融通は利かぬが、金はあらゆる場所をひらくカギ、金髪女が、

「ちょっと兄ちゃんたのむわ、やってんか」

という感じでひとことというと、仏頂面で金をうけとってやってくれるそう。ただし、近くならいいけれど、市内の公式宿舎をはなれてとばすことと、いったいどこいくねん、と片こと英語で聞くと、「もうすぐもうすぐ」ばかりでラチあかず、外は如法闇夜《にょほうあんや》の真のくらやみ、社会主義国とは暗いところとみつけたり。

やっと多摩団地か千里ニュータウンか、というところへつれていかれ、階段を六階まで上らされ、小さな一室へおしこめられ、中にいた金髪緑眼の大男に穴のあくほどみつめられ、大男と女のやりとり、言葉はわからぬから、呆然とそばに立たされる。

どうも話のようすでは、大男は、

「またかいな、この寒いのにどこへいけ、ちゅうねん、割り増ししてや」

といってる気配。多額のチップを払わされ、大男を追い出して、やっとこさ、部屋とベッドにありつく、というしんどい手続きがいるそうである。それからむつごとがすんで、お金のとりひきも終る。しかしそれからが大変、市内の宿舎へ帰る車をみつけるのが難儀だそうである。未明払暁《ふつぎょう》、僻地の団地に、手をあげたら走ってくるタクシーなんて、日本にもないのにそんな国にあるはずなく、

「いやもう、えらいこッてした」

ということであります。

何だってこういう苦労してまで、男は探究しなくちゃならんのだ。なぜそう男は浮気が好きなのだ。アバンチュールに身を挺するのだ。十年二十年と一人で穴へこもってる人もあるのに、たかだか数週間、あるいは数カ月の出張のあいだも保ちきれず、「その種の女」へ走ってゆくとはどういうことだ。

「いや、近頃、女かてすごいらしいでっせ。人妻なんて昼間、なにしてるやわかりまへん」

と紳士たちはいうが、私は、あんがい風評ほども、人妻たちは浮気してないんじゃないかと思う。男と女は、構造がちがうから、ごく普通、一般的な人妻が、

夫以外の男と関係するというのは、男が妻以外の女と浮気するよりも、大きい決心が要る。たとえば、私が猛者の紳士に対し、

「気色《きしよく》わるいことないんですか、どこの誰とも知れん女の子を抱いて。つまり、精神的なものと、病気みたいに肉体的なものと、両方です」

といったら、その紳士、自若《じじやく》として、

「なあに、あとすぐ、石鹼で洗《あろ》たらしまいや」

と仰せられた。

つまり、この感覚である。私はつらつら考えたが、(考えなくても自明の理であるが)男は石鹼で洗えるのである。つまり洗いやすいようになっているので、「洗《あろ》たらしまいや」とすましていうことができるのだ。

女はいろいろと男よりデリケートな仕組みになっているので、いたく、石鹼で洗いにくい。また洗ってもあと、すすぎがむつかしいのではなかろうかと懸念される。男みたいに、ざぶざぶ洗って湯水をぶっかけ、ぶるんとふるってそれでおしまい、というわけにまいらない。

そういう、無意識の、懸念や拒否があって、生理的な反撥は、男よりも強い。えらい目をしてでも、各国の男を漁ってまわるという気になれない。

保守反動と笑わば笑え、どうも、女ほんらいの生理からいうと、女は浮気しにくくできてる気がする。これは貞操観や、倫理観とは別のものである。「気色わるい」という語感に、倫理観や「女大学」ふうしつけは、ふくまれてない。凸凹《でこぼこ》のちがいである。私は女だから、女ふうにものを考えるだけだ。

「しかし、おせいさんかて、男に誘われてふらッとなる気はおきまへんか」

と紳士はいった。もし、私がそういう気になるとしたら、まあ、酷寒の夜ですね。

この間、私は終電車で大阪から帰ったが、じつに寒い晩だった。国鉄・神戸駅の前のタクシーのりばは、延々長蛇の列、折から寒風ふきすさぶ深夜のこととて、じっと立って待っていると、震え上ってツララになりそう、またその晩に限ってパンタロンじゃなく、うすい靴下一枚なのだ。車はなかなかこず、行列は遅々と進まぬ。

私は足ぶみして寒さをこらえていた。私の持病は一年にいっぺんぐらい出る膀胱炎で、寒さと疲労が体にわるい。故意か偶然か、駅の彼方に広告ネオンが輝いており、

「ホテル・望港苑」

なんてあったりして、私をおびやかす。

たとえばそういうときに、だ。寒いですねえ、あッたまりにいきましょうか、ホテルだと、あッたかいですよ、と誘われ、そして目の前にホテルの（この際、名前が悪いが望港苑でもよい）ドアがあれば、私は、入ってしまう。

たとえばまた、おなかがすききっていたら……それもわからない。しかしまあ普通のときは、ちょっとそんな気になれませんね、といったが紳士たちは相手が私ゆえ、そうがっかりもせなんだ。

カモカのおっちゃんはどうかというと、

「ナニ、浮気？　僕はじゃまくさいから、やりまへん。しかし、人妻の浮気も、その種の女も、この世にあるというだけで、気分が楽しゅうなります、ないと困ります」

——パイプカット——

このあいだ、ある大新聞の週刊誌で野坂昭如センセイと対談していたら、突如、停電となる。センセイ自若として「焼跡派は停電を恐れぬ」などとうそぶいていらしたが、その間、私は必死に、

「あら、お止しになって」

と叫んでいたのだ。しかるに本になって出たのをみると、その一行はカットされておりましたね。真実を報道するのが新聞の使命とはいえ、品位と名誉ということも考えなけりゃならん、このカットはやむをえまい。

また、ある大放送局で、井上ひさしおにいさまと、私は、井原西鶴のことにつき、高邁《こうまい》なる文学論を展開しておったところ、おにいさまはその結論として重々しく、

「西鶴を再確認しなければいけない」

と仰せられた。これはこの日の放送のハイライトの言葉であるにもかかわらず、大放送局はこれをカットした。これはよくないと思う。これ以上の立派な論評はないのだ。

すべてカットということは、このように取捨選択の結果である。いろいろ勘考して選択するのであろうが、その結果、よい場合と、あんまりよくない場合があるのは、右二つの例にかんがみてもあきらかである。

男性が男性自身をパイプカットするのも、結果がいい場合とわるい場合があるので微妙である。

本来の目的は、断種というか、子供をつくらないことであろうが、これもなかなかむつかしくて、未来永劫《えいごう》と思った夫婦仲にヒビが入り、再婚したりする、次の女房が子供をほしがったりすると、ハタと困ったりする。

しかし、人間がどうしてそんな未来のことまで見通せよう。何か、かんかいっても、しょせんはごくごく目先のことしか考えられないものである。

「徒然草《つれづれぐさ》」によると、古《いにし》えの賢人、聖徳太子は、陵墓の造営に当って、墓相上、子孫繁栄の反対のことばかりした。

「ここを切れ。かしこを断て。子孫あらせじと思ふなり」

といわれたそうで、切ったり断ったりするのは、すでに、その頃からのことであるらしい。

妻は両手に子供、背中に一人くくりつけ、亭主は両手に双子を抱いているといった、そういう夫婦を見ると、これはカットしたくなるだろうと同情せずにおれない。いや、そういう必要に迫られてという場合のほかに、私の女友達のように、いちいち避妊の配慮がわずらわしくて、という不埒《ふらち》な不心得者がいたりするから面白い。

そして夫にカットさせてどうかというと、

「それがねえ」

と意外や、浮かぬ顔。

「はじめはノビノビと楽しめると思ったんやけど、だんだん、また物足らんようになってきて」

つまり、日を勘定したり、体温計ではかったり、薬を使ったり、して避妊しているときは、いつもイライラして取越苦労やら、肝を冷やすやら、クサるやらホッとするやら、「ヒエーッ」（ひょっとして、やったのではないかというときの女の内心の悲鳴。あるべきものが少しおくれると、たいていの女はこう悲鳴をあげるそうである）などと、たいへんだったというのだ。

しかしその心配がなくなって心気爽快になったかというと、これがさに非ず、いつでもＯＫとなると、だんだんあほらしくなってきて、今ではあんまり、双方とも熱意がなくなったそう。

思えば、

「今日よ！　今日は大丈夫なのよ、あなたッ！」

「おお、そうか！」

と夫婦、相和して息弾《はず》ませていたころの緊迫感がなつかしいという。イライラしたり、胆を冷やしたりの気苦労は、つまるところ、生き甲斐だったのかもしれへん、という。

私の友人のホステス（これは気短かで、元気のいい若い女である）、

「男のひとの中には、カットしたから大丈夫や！　いうて、ものすごい自慢にして、それを武器にする人あるけれど、何か、こっちは気がぬけたりして」

といっていた。

どう気がぬけるのかと聞いたら、

「やっぱり味がちがうのよ」

というが、これは、私にはわからない。カット前は味が濃くて、カット後は味が淡いそう。何の味かは聞き洩らした。

これも私の友人、四十六のうばざくらの美人記者、

「男にカットさせたら、妊娠の不安からは解放されるし、前も後《あと》も、私は変りないと思うわよ。ただ、こっちの気持の問題だけよ。空砲一発、というのがむなしい感じじねえ」

とのたまう。

だから、世の大方の奥さまが、亭主にカットさせたら浮気するんじゃないかと、心配していられるのは、杞憂というものである。

安心して寄ってくる女もいるであろうが、女という女がそうではないのである。

うばざくらの美人記者のように、

「空砲じゃ、精《せい》なくてねえ」

という、あまのじゃくな女もいるのだ。

といって、もし実弾が命中したら、「ヒエーッ」というくせに、空砲だと精ないというのだから、全く、聞いていたカモカのおっちゃんが、

「どないせえ、ちゅうねん、いったい」

　と怒るのも尤もであろう。

「おっちゃんは、カットする気はありませんか」

　と聞いたら、

「身体髪膚《はっぷ》これを父母に受く、という教育を受けた時代です。しかし、まあ、してもせんでも、今はもう空砲みたいなもんで変りおまへん」

　といった。

「変りないなら、した方がいいのとちがいますか」

　と美人記者。

　おっちゃんはとうとう、あたまにきたとみえ、

「カットせなんだらせえ、という。したら、せん方がよいという。どっちでも一緒や、いうたら、した方がええいう。女のいうことにいちいち、マトモにつき合《お》うていられるかッ！　とるに足らぬ下々《しもじも》のタワゴト、いちいち耳傾けてられん」

　と怒るが、道聴塗説《どうちょうとせつ》、これ天の声。

——馴れ馴れしい男——

「男きてなれ顔に寄る日を思ひ　恋することは　もの憂くなりぬ」

これは与謝野晶子の歌であるが、この歌なぞは、彼女が恋の種々相を人しれず知りつくしていたように思われる、ちょっと凄い歌である。私は晶子の歌は、中年のころのが、いちばん好きである。

晶子はよい歌をよむには、恋をしなさい、と弟子たちにすすめたそうであるが、右の歌も恋を「知りつくす」のみならず、「しつくした」女でないと、よめない気がする。

私は、馴れ顔に寄ってきた男は、この場合、きっと若い男ではなかったかと思う。

若いヤツはすぐ馴れ馴れしくする。

何か、ヒッカカリができると、人前もはばからず、咳払い、目くばせ、体にさわる、言葉遣いがかわる、二人きりになりたがる、知ったかぶりする、もう、煩わしくてしかたがない。

女とのことを、いいふらさないまでも、いいふらすのは論外である。「色に出にけり」で、すぐ人に知られてしまう。そういう馴れ馴れしさが、可愛らしいときもあるが、それは、まだ女が、恋の経験が浅いときではあるまいか。

あまたの恋をしつくした手だれの女だと、もう煩わしくて「もの憂く」なるのかもしれない。私が「ちょっと凄い」というのは、その恋愛心理の洞察のことである。

若い男が、女と関係ができて夢中になってつい、女に馴れ馴れしくふるまい、女の不興を買い、世間の指弾をうける、というのは、一面また、その男のうぶさかげん、若々しさ、世間しらず、人ずれしてない証拠でもあろう。だから、そういう青臭みを好む女には、ほほえましいかもしれない。

しかし、若い男で、恋した上の馴れ馴れしさとは別に、誰にでもいつでも馴れ馴れしい奴が居り、これは道化ものである。そういう男は美人、醜女の別なく馴れ馴れしくふるまい、また、そういうオッチョコチョイの道化ものに、あたまのいい、美しい女がコロッと落ちてひっかかったりするから、世はおもしろい。

そこへくると、わが中年男は、やっぱり、「色に出にけり」というふるまいは、せんようですな。

女と関係ができても知らん顔をしているから、めったなことでシッポはつかまれない。伊達《だて》に中年になっているのではない、こういうときに値打ちがでるというものだ。

人によっては却って硬くなったりして、ぎごちなくなり、よそよそしくなる純情なのもいるが、概して、気取《けど》らさないように隠しおおせる人間が多い。

かりそめにも、馴れ顔に女のそばに寄ったりしない。

第一、若い奴は、夢中になって、馴れ馴れしくして世間の非難や擯斥《ひんせき》を浴びても、失うものはないのである。若い男はパンツ一丁あれば世渡りでき、どこへでも仕官して、足軽・仲間《ちゅうげん》・草履取り、一からはじめることができる。

しかし、わが中年族は、そうは参らない。

秘めたる情事が明るみに出たら一国一城を失う場合がある。文字通り、傾国《けいこく》・傾城《けいせい》である。ゆうべ仲好くした女だからといって、会社へ来てまでそのつづきをやるわけにはいかないのだ。

だからして、私は、ほんとうの恋というものは、そういう年代からはじまると思うのである。

馴れ顔に寄るような年ごろは、小犬がじゃれてるようなもので、オトナの恋とは、いいにくい。

私がもし恋をしたとしても、ちょっとナニしたらすぐ、馴れ馴れしく寄ってこられるようでは、とうてい、ナニする気にはなれないのでございますよ。尤も、私では千年万年待ったとて、ナニしようとする男は出ないであろうが。

女とナニがあったとて、二人きりの場以外は毅然《きぜん》として、知らん顔を押し通せるほどの胆《たん》、甕《かめ》のごとき豪傑、深沈とした度量のひろい男でなければ、女はナニする気にはなれない。

どうかすると、すぐすっぱぬかれ、もろともに検察庁へつれていかれるような男では、女は、名誉や愛やいろごとを託す気にはならないのである。

ところで、そういう豪傑でも、彼らの妻にかかると、手もなく看破されるのは、いかなるわけであるか。

どういうときに彼らの妻たちがピンとくるかという例につき、佐藤愛子さんは面白い話をいくつもあげている。

ある女は、帰宅した夫の靴が、雨の日にもかかわらず濡れていなかったという。

ある女は、夫がパンツを裏返しにはいているのを発見した、という。これらはみな「ピンときた」という部類で、理屈では割り切りにくい。

芝木好子氏の小説だったと思うけれど、スキ焼きをつついていた三人の男女、(その内訳は夫婦と、妻の女友達である)その箸使いから微妙な関係が暗示されるのを、妻は悟るというのがある。

夫は、妻の女友達に、「このへんの肉ができてる」とかいいながら、箸で押しやる。男の箸と女の箸がふれる。

スキ焼きだから、箸のふれあうのは当然である。

しかし妻は、そのふれ具合によって、はっと、夫と友人の関係を察知するのである。これも「ちょっと凄い」話である。

このように、男というものは、一見、沈着自若とした中年者でも、どうかすると、馬脚をあらわす。

オッチョコチョイで、馴れ馴れしくお道化者の男、はたまた、平生は沈着でも、女とナニすると、とたんにその女に馴れ馴れしくふるまう男、落着いてるくせに、ヒョイとしたところで化けの皮のはがれる男、さまざまであるが、わがカモカのおっちゃんなどは、どこの範疇《はんちゅう》に入れるべきなのであろう。

「カモカのおっちゃん酒提げて、またも来ましたおせいさん」

「コンバンワー。あーそびーましょ」

というのは、これは馴れ馴れしいくせに落着いてるようでもあり、頼もしいかと思うとアテにならず、要するに中年の「図々しさ」の代表選手というにやあらん。

「馴れ馴れしい」よりもっと始末にわるいのが「図々しい」奴であろう。

「男きて図々しく寄る日」の物憂さ。察して頂戴。

――わが愛の朝鮮人――

朝鮮服というものには、私はなじみふかく、なつかしい。大阪の下町そだちの身には、子供のころの思い出に、かならず朝鮮服が点綴《てんてい》されている。昔、浪花の下町に、朝鮮人はたくさんいた（いまでも大阪・神戸には多い）。

だから、大阪の歌、つまり浪花をテーマにした流行歌というもの、私の場合、気に入るものはあんまりない。私にとっての大阪、浪花情緒というものは、「こいさん」や「船場」や、「金もうけのど根性」なんかじゃないのだ。

大阪人て、そんなもんばっかりとちがいまっせ。

世間に知られない大阪人の一面というと、一方では、たいへん知的水準のたかいインテリ遊び人、学者、作家などもいる。

こんな手合、金もうけのことなんか考えてるもんか。大阪人だというと、金もうけに狂奔するように思う馬鹿が多くてこまる。大阪人は私の見るところ、儲けるのに熱情を感ずる人と、使うのに熱情を感ずる人と、半々である。

また、「こいさん」だの「お家さん、ご寮人《りょん》さん」など、あれはテレビ紙芝居向きのお伽話で、いっぺん、大阪の鶴橋、今里、猪飼野、(釜ケ崎はいわずもがな)天王寺区や浪速区の下町で飲んでみるがよい。また、神戸は新開地から、ガスビル前、長田、丸山あたりで一ぱいやってごろうじろ、「こいさん」も「ご寮人さん」もふっとんでしまうムードだ。

だから、私は、こういうムードが出る大阪の唄がうたいたい、また、うたってほしい、と思うものだ。

そこには、必ず、朝鮮人がいなければいかん(韓国人といったのでは、なつかしみは半減する)。ニンニクの臭い、ダイナミックな発音の朝鮮語、そういうものがごたまぜになり、ある種の大阪下町のムードが出る。私はそういうのがとても好きだが、それはやはり、幼時の記憶からであろう。

朝鮮服の形が、私はとても好きなのだが、幼なじみのなつかしさでいえば、色あざやかなチョコリやチマよりも、断然、白である。

爺さんも婆さんも、白を着ていた。

そうしてふしぎや、私の記憶にある爺さんは、かならず、長いキセルで一服している。

小さな長屋の門口に腰かけて、ゆったりと煙草を吸いつけている。

朝鮮のお爺さんというものは、のんきなものであると、子供ごころに深く印象づけられた。

婆さんの方は、これはしごく働きものぞろい、私の家へ裏口からいつもモノを売りにくるのは、白服の婆さんである。

紐に通した亀の子タワシと、脱脂綿を売りにくるのである。

私の家は、電車通りに面した方はモルタル塗りで洋館ふうになった大きな写真館で、ガラスのショーウインドーがぴかぴかしている。裏は路地の奥のゆきどまりで、溝があって土間があって、女中衆《おなごし》さんや、祖母、母、叔母らが、四六時中、たちはたらいている台所である。大人数なので、酒も醤油も樽で買う。女中衆さんが、片口へトクトクトク……などと受けたりしている醤油や、酒のにおい、グツグツとたえず何かをたいているにおい、そんな台所へはいってきて、婆さんは長いことねばり、亀の子タワシと、脱脂綿を売りつけるのである。

なぜそんなとりあわせになってるのか、これは今もってなぞであるが、皺くちゃの婆さんは、台所の板の間にそれをならべ、長いこと、家の女たちとしゃべってゆく。

ときには、アヒルの卵を売っていることもあるが、たいてい亀の子タワシと脱脂綿である。

いま思うに、この共通点は、売り場が台所ということと、女の必需品ということであろう。店先にいる男にもっていったって、どっちもしようがあるまい。

しかし、小学三、四年生の私には、その関連がわからない。タワシは子供ながらに、台所をのぞいて売るべきものだとわかる。しかし台所にいつもいる女たちに、なぜ脱脂綿を売るのかわからない。

しかも、なぜ婆さんが、白いチマの、すこし汚れた裾をたくし上げつつ、上りかまちに坐りこんで、

「ヒッヒッヒ。あんたとこ、たくさん女のひといるから、これくらい、いるね」

と幾袋も出すのを、若い未婚の叔母たちが頬あからめ、女中衆さんがキャッキャッと笑い、母や祖母がたしなめるごとく、また、奥の男どもに聞こえるのをはばかるごとく、ふりむいてはじらいつつ、

「お婆ちゃん――」

と、婆さんの大声をたしなめているのか、子供の私にはわからないわけである。

「それ、なにするのん」

と私は、脱脂綿の袋を指していうと叔母は、

「ケガしたときに要るもん」

という。この叔母は美人で、花嫁学校へ通ってるさい中である。

「どこケガしたん、見せてェ。なあ、見せてェ……」

などといって、

「いやらしい子やなッ」

とじゃけんに叱られる。白チョコリの婆さんは皺くちゃの顔を一そう皺くちゃにしてヒッヒッヒと笑い、

「いまにあんたもケカする」

というのであった。……

小学校にも女学校にも朝鮮人の親友がいた。長じて飲みにゆく界隈、つねに、火花の散るような朝鮮語とニンニクと油のにおいと、強い焼酎のにおいがつきまとっていた。私には、それこそ、生まれ故郷のにおいである。それはきっと、朝鮮で生まれた引揚者の人々の、朝鮮に対する感覚とは、またべつなものだろう。

私のは、幼ななじみの郷愁の中にないまぜになった、一つの要素だから……。浪花の中に溶けこんでしまった朝鮮だから。

しかし私は正直のところ、セクシュアルな酩酊を与えられるのは、朝鮮人の男に多い。女のひとにも百済《くだら》美人というべき美女が往々いるが、男性もすてきなひとが多いのだ。ただ残念なのは、私の場合、朝鮮男にはいつも、見ただけで酩酊して、ついに実人生で結ばれる運命にめぐりあえなかったことである。

――ヨバイのルール――

「夜這い」というのは、いろいろ勘考すると、優に一冊の本が書けるぐらい、ゆたかな示唆に富んでいるものなのである。

「夜這い」は、本当は「呼ばい」です、とある人に教わった。

つまり、暮夜ひそかに垣根の外から「呼ばう」のである。呼ばわれた方は「あいよ」とか、これまたひそかに答える。山のこだまのうれしさよ。これが「呼ばい」というもんで、そのあとおもむろに巫山《ふざん》の夢をむすぶという段取り、「夜這い」なんちゅう、ガラのわるいアテ字を書くとは、おせいちゃんとも思えまへん、というお叱りであった。しかし弁解するではないが、結局、することは「夜這い」ではあるまいか。

ところで、この間、さる田舎へ出かけ、私はそこでもヨバイの研究をしてきた。

かねて私は、ヨバイに興味をもってはいたが、中でも殊に、「子供ができたらどうするか」というのが長年の疑問であった。既婚の女はよいが、娘はどうするのであろう。

村の爺さん二、三人、交々《こもごも》語ってくれた。その内の一人は、元巡査だった爺さんである。大正十二年に夜這い禁止令が出たのだが、現職の巡査であるからには、今後、お上《かみ》の目を掠めて夜這いすることはゆるされぬ。爺さんは（その頃はむろん、青年である）一瞬、考えた。

夜這いをとるか、巡査をとるか、なんの桜田門、君と寝よ、というわけで、直ちに巡査をやめた、という爺さんである。田舎の人には、ハムレットのようにとつおいつなやみ迷う、といった野暮はいないのである。

その元巡査の爺さんのいわくに、娘に子供がでけたら、好きな男の名から順にあげてゆく、というのである。その男が不同意であると、次に好きな男の名をいう。そのうち、どれかがウンといってくれるから、うまくおさまるので、中には亭主の子でない子もむろんいたろうが、戸籍ではちゃんとなっていて「父《てて》なし児」などは作らない。

「戸籍係の方でも心得ていて、あんばい生まれ月をいじくってくれよる」

戸籍なんちゅうもんは、人間に便利なように作るもんやという。そうして、娘に夜這いをかけてくるものは、やっぱり未婚の青年に限り、既婚者の男もないではなかったろうけれど、独り者の青年が、あとしまつをすることに、うまくなっていたそうである。

人間のチエというものは、こういう所にこそ使うものだ、とつくづく思い知らされた。

また、戸籍というものは、人間に奉仕するもので、人間が戸籍のためにふりまわされるのは邪道だと思わされた。

そういえば、この頃のように、赤ん坊がぞくぞくとコインロッカーに捨てられていたり、映画館やデパートの便所の屑籠に、紙袋に入れて捨てられているのは、ヨバイのルールに違反していることである。ヨバイの邪道である。

いま、日本中にヨバイの嵐が吹きあれていて、老いたるも若きももろともに、ヨバイにいそしんでいる観がある。しかし、ヨバイには長い年月、人々がその体験と生活のチエから練り上げた「ヨバイ法」ともいうべきルールがある。そのルールが、もう、今はめちゃめちゃなのである。ルールが乱れれば、真にヨバイをたのしむことはできぬ。今の日本人は、ヨバイを真にたのしむほどの文化程度にさえ達しとらんのである。

たとえばいま係争中の「未婚の実母」と「養母」の子供奪い合い事件は、実母がこの五月五日に、実力で子供をつれ去ったことで、あらたな局面が展開して、ますます解決が困難になったが、これも、ヨバイのルールからはずれていることである。

大阪府・堺市に起った事件で、これは女の闘争にまで発展しそうな勢いをみせている。すでにご存じの方も多いだろうが、幼稚園の未婚の先生が、園児の父と親密な仲になって子供ができた。男はこのとき、おろしてくれと頼んだが、女は、育てる自信があるからと押し切って生んだそうである。

さて、ここから両者の話は完全にくいちがう。男は、女の同意を得て、ニセの母子手帳を作成し、子のない夫婦に養子にやったという。女は同意したおぼえはない、という。

できた子供を抱いて男の親類の家へ相談にいったところ、隣室に寝かされていた子供はいつのまにか連れ去られていた。必死でさがしてやっと、養子先をつき止めた。その家では可愛がって育てているので返さぬという。女は子供を返せと裁判にもちこんだ。そして敗訴した。この判決文が問題である。

裁判官という人種が、いかにあたまの古い、西も東も分らぬ人種、つまり男と女、母と子、ということについていかに洞察力や理解力がないかということがわかる。その上、非常な悪文であってわざわざ引用するほどのことはないのだが、山村のヨバイルールにくらべ、現代はあまりにも文化程度が低俗であることが瞭然とするから、敢て掲げる。

「幼稚園の教諭の身で園児の父と情交関係を結び（大きにお世話だ。幼稚園の先生がわるくって妻子ある身の男ならわるくないのかね）生まれる子にとって所謂《いわゆる》私生児という不幸な境遇になることが予想されるのに（裁判官自身がそんなことといっていいの？　裁判官は私生児をいじめる人を弾劾する立場じゃないの？）請求者本人——実母のことである——尋問の結果によっても、その養育に確たる見込、方針もないままに被拘束者を生んだ態度等から請求者の被拘束者——子供のこと——に対する真の愛情の存在については疑問なしとせず。（養育に確たる見込み、方針もないまま生むというが、生むということ自体、現代では一つの選択である。少なくとも彼女の場合、未婚の身で生むことを選んだと主張している。それをさして、愛情がないとどうしてきめつけられるか）」

ヨバイは「呼ばい」であるからには、相呼応して阿吽《あうん》の呼吸があるはず、意気投合する、ここまではよい。子供ができる、これは誰か身軽な男を拾っておっつけるか、せっかく自分で育てるというのなら、女に育てさせればいいではないか。一方的に女を非難し、男はのほほんとしているのでは片手落ちも甚だしい。私は元・ヨバイの大家の爺さんに、

「もしどの男も、ワシャ知らんといったらどうしますか」

と聞いたら、爺さんきっぱりと、

「そういう男は、この村はじまって何百年、一人も居らなんだ」

というた。

――酒呑童子――

中年とは何やろ、とカモカのおっちゃんと話していたら、

「ま、ひとことでいうたら、出口なし、という状況とちゃいまッか」

仕事。家庭。いろごと。趣味。金もうけ。子供。健康。酒。

みな、先はもう、知れてる、というのである。パイプというパイプはみなつまり、四方八方バカふさがりにふさがって、腸閉塞もいいとこ、

「どないしたって、これ以上、ええようになるとは思われへん、わが世の花ざかりも今がセイ一杯の頂上やないかと思うと、まさに出口もなく、手も足も出せないという状態」

ではないかというのだ。

人生中歳に達して、蒸発したり、あるいは転職、離婚などとたのしいクリーニ

ングをやって、新人生にふみだす人はさておき、そうもできない中年たちは、出口のないところでうろうろしている、何かスカッとすることはないやろかと思わぬ日とてない、という……。

まるで私は、中年ではないかのような口吻であるが、中年は中年でも私は女、女はいろいろ発散の場があって、「出口なし」という感じはまだない。おしゃれ、買物(アユ一ぴき、大根一本だって買物の内だ)、人のワルクチ、新製品の台所用具、長電話、亭主をやりこめること、子供にウソつく、家具の配置がえ、友人の物書きに、彼の本の酷評が出た新聞・雑誌を、赤線引いて送りつける、することがいっぱいあって、出口はいろいろあり、この世はたのし、だ。

「いや、男の中年は、そう小廻りはきかない。もう、あきませんな。そやから、どうしたらスカッとするかをいつも考えます」

とカモカのおっちゃん。私、聞く。

「かんしゃく玉なんか、ダメですか?」

「そんなもんで追っつくもんか、それでは戦争ということになるが、いまどきみたいなボタン戦争では、欲求不満は解消しまへん、まァ一ばんええのは、大江山の酒呑童子《しゅてん》になりたい」

「シュテン童子」

「昔、丹波の大江山、鬼ども多くこもりいて……というアレです。山中ふかき所に巣くい、都に出ては金銀財宝、美女、くいものを掠めとってほしいままに狼藉をはたらく」

「なるほど」

「あれは男の——というより中年の——理想ですなあ。あの鬼になりたい。ところで、鬼は、大江山へ女をさらってきて、何をしたんでしょうか」

「炊事、洗濯させてたんでしょう。つまり、当番兵みたいなものとちがいますか」

「だまれ、カマトト」

しかし、私の読んだ小さい時の絵本には、そう書いてあったのです。山伏姿に化けた、源頼光ほか四天王のめんめんが、山中ふかくわけ入ると、谷川で若い女が泣きながら洗濯している、頼光が聞いてみると、

「それは、みやこからさらわれてきた、おひめさまでした。おひめさまは、まいにち、オニのために、せんたくやそうじをさせられて、しまいに、たべてしまわれるので、それがかなしくて、ないていたのです」

とある。子供の私は、お姫さまがなれぬ洗濯や掃除、炊事をするのは大変だろうといたく同情したのだ。その上、給金をくれるどころか食べられてはかなわない。

「食べたのは、ほんまかもしれまへん、しかし、食べるまえに、下ごしらえをしたと思いますなあ」

とおっちゃんはいう。

「下ごしらえ、といいますと」

「つまり、さらって来たのは、たぶん、お姫さまとあるからには、バージンでしような」

「かも、しれませんね」

「深窓の姫君の、美しくてかよわくてあでやかなところを料理します。料理もさせたではありましょうが、自分でも、ひととこ、ふたとこ、包丁入れて料理する」

「お姫さまを」

「お姫さまをです。つまり、あとで食うにしても、バージンというのはうまくないですな。妙に堅かったり、肉付きがうすかったりして、ダシかスープ用にしかならんのが多い、それではこまりますから、肉付きよくさせるために、うんと食わせ、その肉に旨味をつけるために、いろいろ調味料をふりかける。ふりかける際に、つまりこう、切れこみを入れたりしまして」

「どのへんに、ですか」

「知らんけど」

「そうして、おいしくさせといて、ほんとにあとで食べる……」

「さよう。考えただけでもナマツバが出ますなあ。わかい娘の、ですな。やわらかな肉、これはちと、まだ肉の旨味が足らんやろうというので、あちこちいじくって、旨味を増し、コリコリさせ、ワケ知りの、ええ味にしたところで、ガブッとくらいつく」

「キャッ！」

「どのへんから食うと思いますか」

「それは……胸肉ではありませんか」

「いや、それはあきまへん、やはり牛肉と同じで腰ですか。サーロインステーキ、もも、しり、いや女やから、サーや無《の》うてレディですな、下半身がおいしそうですな」

「焼くんですか、煮るんですか」

「こんがりと焼きますか、焼けるのを待って酒飲んでる気持は何ともいえまへんやろな、虎の皮のふんどしなんかして、歌うとうて――」

「七つボタンの予科練の歌なんか……」

「何で、大江山の酒呑童子が、予科練の歌うたうねん」

「しかし中年の鬼でしょう」

「中年でもいろいろある、昭和維新うたう奴もあるし、ああ紅の血は燃ゆる、いうのんうたう動員派の中年もいる、僕は九段の母うたう中年の鬼、よろしいか、都へ下りて気のむくままに逃げまどう若い女をひっつかまえ、山の中へさろうてきて切れこみ入れて料理して丸ごと焼いてガブッと食らいつく、ワー、たまらん、ああ、大江山の酒呑童子になりたいですなあ」

とおっちゃんはいい、私のご馳走した饅頭にガブッとくらいついたとたんに、ぽろりと歯が欠けた。惨たり、中年。

――男の三大ショック――

「女の長風呂」も延々百回に及び、ようやく私もいささか湯中《ゆあた》りぎみ、のぼせてきて、茹《ゆ》で上らんばかりになった。

ここらで長湯からあがり、秋のはつ風におくれ毛を吹かれながら――というと、なまめかしいが、ナニ私のことだ、べつにどっちへ転んでも色香が増すわけではないが、心機一転、題をあらため、禿筆をとりかえ、机の塵を払って、あらたなる稿を起そうと思う。

さて、長風呂を出て、女は何をするかというとまず、濡れた髪を束ねるのである。そうして私であると、ビールの冷えたのをぐいとやったりいたすのであるが、その際、前中《ぜん》すごとく、おくれ毛がこぼれる。よって、こんどは、女のおくれ毛ならぬ「イブのおくれ毛」と名付けた次第である。

大体しかし、毛というものは情緒纏綿《てんめん》たるもので、また、一面、人によっては妄想をそそられ、ワイセツ心が泉のごとく湧いたりする。あるいは殺人現場のざんばら髪、ユーレイの脱け毛、さらにはミイラに毛だけありし日のままに残ってるなど、エロからグロまで連想のはばが広いものである。更には色や形状によっても、情緒がちがう。

モーパッサンの「ベラミ」という小説には、主人公の男のボタンにからまっている女の毛をつまみあげた恋人が、

「あなたは中年女と浮気したわね！」

ととっちめるくだりがある。何となればその髪の毛に白髪がまじっていたからである。

わが愛するツチノコは魔性の神蛇で、決して姿を見せないが、人間の毛を焼くと、その匂いに釣られて穴から這い出してくるという。私はツチノコ狩りに行って早速、これを試みたが、ダメであった。一向、キキメありませんでした、と私がツチノコ学の泰斗になじる如くいうと、彼は重々しく、

「その髪の毛は、直毛でしょう？」

「はい。日本人の毛ですからね」

「そらあかん。縮れてるヤツでないとあかんですわ」

「縮れっ毛がよろしいんですか。すると、そういう毛を貰《もろ》てこな、あきませんか」

「そう、縮れてツヤがあって、まあ短い方、その毛がよろしい。生えてる場所は、この際、問いません」

などということであった。

カモカのおっちゃん(あいかわらず、こいつが登場する)にいわせると、「毛」は人間の人生で、たいへん重要な意味をもつんだそう。

「ことに、男の人生にとってはたいへんなもんです。男の人生には三大ショック、ということがある」

おっちゃんが勿体ぶっていうと、どうせロクなことではないが、あえて問うと、

「まずその一は、思春期に及び、ある日、ふっと気付くと、かくし所に思《おも》わざる伏兵を発見してギョッとする。その日は一本やと思たのに、あくる日見ると、加速度的にふえている。十日もたつと、今まで気付かなかった所まで発見する。もう、えらいショック、人と風呂へ入られへんと思いつめる。女はそんなこと、ありまへんでしたか」

「知りませんよ、そんなこと」

「知らんことはないやろ」

「忘れましたよ！　それよか、第二のショックて何ですか」

「老眼です。女はどうですか」

「いちいち、うるさいわね、それは女もあるでしょう。でも、私は幸い、まだ、メガネなしでよめますが、もう半年、一年のうちかもしれない」

「腕を伸ばしあるいは近づけ、やってるうちに愕然とする。うーむ、これこそ世に聞く老眼ならんか、そう思《おも》たとき、がっくり、きますな」

「そんなもんでしょうか。目が見えなきゃメガネ買えばすむこっちゃないの」

「いや、男はやはり、老眼鏡がいるようになった思うと、感無量の所がありますからな。本人はまだ三十代の心意気で居《お》るのに、階前の梧葉《ごよう》すでに秋声、人生の秋のさびしさが、ソクソクと身にしみます」

おっちゃんがいうと、何でもくどくなる。

「第三のショックは何ですか」

「思春期の伏兵に、老齢再び、おどろかされることです。伏兵が、白旗かかげて降参しとる」

「と、いいますと……」

「あたまのこととちがいまっせ。あたまはいつもしげしげ見てるとこやから、少々白うなってもどうということはない。しかし、ふだん、じーっと見たことのない所を、あんまり日に当てない所を、ある日、ふと気付くと、黒かるべき所に、白いものがまじってる。その日は、一本二本発見して、ショックです」

「ハア。そんなもんでしょうか」

「おお！ ついに、という気になります。あんまり使うたおぼえもないのに、と自然の摂理の理不尽さに怒りをおぼえる。もっと配給あるはずやのに、えらい少ないままで、もう予定終了といわれたよう。そのうち、しばらくして探ると、またふえてる。もう、やけくそになる。拗《す》ねてくる」

「ハハア」

「ええわい、何ぼでもふえたらええわい、シラガが何じゃ、老眼が何じゃ。——男の人生の三大ショック、そのうち、二つまで毛が占めてます。女はどうですか」

「べつにショックやないでしょう。自然の成りゆきやから」

「いや、女はそれがあかん。帰って早速、懐中電灯で調べてみなさい。それで、ショックを感じないような人生は、ほんまに生きとらへんからや。毛というものは人生悟達の契機です」

——女の三大ショック——

　前回の「おくれ毛」につき、カモカのおっちゃんは補足するところがあった。

「おくれ毛、というのは、ふつう、鬢《びん》のほつれとか、衿足にそよいでいるとか、そういうものばかりいうが、あれはマチガイです」

「ほかにどこがありますか？」

　と私はあたまをかしげて考えた。

「それはいろいろです。男なら裸で涼んでると、胸毛が風になぶられる、それもおくれ毛というやろうし、女なら、下穿《したば》きから、ツイはみ出してるなんぞも、おくれ毛にはいる」

　下穿き、などと古風な言葉を用いるのは中年のキザである。私は卑陋《ひろう》な話題に入らんとするおっちゃんをあわてて制し、話をねじ向けた。

「男の人生の三大ショックは聞きましたが、女の人生の三大ショックは何かしら？」

「それはまあ、第一は初潮とちがいますやろか？」

「それは昔の子供でしょう。前にもいうたけど、いまの子はケロケロとうれしがって待ってますよ。なけりゃ肩身狭いってもんで、指折りかぞえて待ってたりする」

昔の少女は純真、内向的な子が多かったから、コドモからオトナへ一歩ふみこんだとなると、愕然、暗然、凝然、となって立ちすくんだりする、そういう陰影が今の子はないように思うけど。

「では、第二のショックは何ですか？」

「それはいうまでもなく、処女喪失というか、初夜体験というか、ともかく、コドモからオトナになるのが初潮とすると、オトナからオトナの女になるのが初夜体験、これが第二のショックです」

「そうかなあ。よくよく考えれば今日びの女は……」

「いやまあ、待て。なんでそう男のいうことに、いちいち反対する。この、出しやばり鼻べちゃめ。だまって聞きなはれ、女いうもんは男のいうこと、感心して聞いとったら世の中丸う納まるねん。——第三のショックはつまり、出産ですなあ。女いうもんは子供でけると、これはクラッと人生観も世界観もかわります。弁天小僧がイレズミ見せて居直ったみたいになります。さァ矢でも鉄砲でも持って来やァがれ、と尻捲《けつまく》って肘張った恰好になる。何しろ、何が恥ずかしいいうて、恥ずかしさの究極みたいな恰好を人さまにさらした上は、怖いもんなしです」

「そうかなあ」

「当り前です。子供を産んではじめて世の中の仕組みがわかった気になる。人間の未知の部分がないということはこれは、やっぱり一つのショックでしょう」

「おっちゃんのお言葉ですが」

と私はいった。

私にいわせれば、男はすべて、考えることが皮相である。

つまり、女の人生の三大ショック、初潮、喪失体験、出産、みな、男のあたまの中で、かくあらんか、と想像した女である。男には女が中々わからないらしいのもむりはなく、こんな程度で、毎度おつきあい願っているのだとしたら、話が通じないのも当然である。ナマ身の女を知らない。

「ほんなら、女の三大ショックは何ですか」

とカモカのおっちゃんはいまいましげに聞いた。

「そうですね、まず第一は、性知識を仕入れたときでしょう」

本を読んだり悪友に耳打ちされたり、中にはかいまみた子もいるかもしれない。そういう知識、これは、知らないですごすと、そのままオトナコドモみたいに不気味な女ができ上る。それにつけても、最初に少女の耳目をゆるがした性知識のショックは大きい。

第二は、というと、これは結婚生活である。処女喪失なんて、今日びの女は、ノミにかまれたほどにも思ってない女が多くて、それを嘆かわしいと思うか、喜ばしいと思うかは、それぞれ人の勝手であるが、どんな相手、どんな状況だったかは、よく考えてみないとわからぬいそがしい女も多く、それを人生第二のショックなどとはいいがたい。むろん、個人差もあろうけれど。

それよりは、結婚生活だ。

同棲はいけない。これは、いやになったり飽いたりするとすぐ別れる。

そうではなく、別れたくても別れられぬ。子供、金、仕事。もろもろの浮世のしがらみがガッキと夫婦にまといついて、飽きはてた二人がじっとがまんの子にならざるを得ないという、いやでもくっついていなければならぬ結婚生活。これはしぶとい、じっくりしたショックを、女に与える。

女は結婚生活を通じて男の正体、本質を知る。大天才、大政治家が、一歩家の中へ入ると、いかにタダのオッサンになるか、とっくり、じっくり見る。ウーム、世の中はこういう男に支えられとんのか、そうか、と社会の仕組みの後側の木枠、張りボテの裏側をながめるのである。

これが人生開眼でなくて何であろうか、それに比べれば初夜体験、処女喪失、あほらしくて話にならぬ。

第三のショック、これは出産ではなく、容色の衰え。

子供なんてできたって、ノドモトすぎればというもんじゃないかしら、……女は物忘れの天才だから、いちいち、どんな恥ずかしい恰好したか、おぼえていられないのだ。

それよか、ある日ふと、明るいところでゆっくり鏡を見る、いつも忙しいからゆっくり見られない鏡を、その日に限ってゆっくり見る。

すると小皺が見える。肌の衰えを知る。女のスリー・エスを見つける。シミ、シワ、シラガ、自分ではこれから再婚してまだ若いのにぶつかるくらいの心意気でいるのに、スリー・エスが出ては、以後、女の魅力は、教養美、精神美、中年の貫禄をうたい文句にせねばならぬというシルシ、女がショックを受けずにいられよか。

私がそう意見を開陳すると、カモカのおっちゃん、

「ウーム。おせいさんも昔はおとなしかったのに、ようしゃべるようになった。中年女の強引さ、これぞ男にはショック」

といった。

——伸縮自在——

滋賀銀行横領事件（女性行員が五年間にわたり九億円を横領、年下男性に貢いでいた）の話を、女たちが集まって論評していた。

四十五、六のうばざくら、美人編集者は、

「もう、四十二歳。未婚女性というだけで、戦中派としてはめためた、とくるね ん……可哀そうで。大体、四十代で未婚女性が多いのは、これは国家の責任よ。結婚相手の男を、たくさん殺してしもたりして。あの人も、結局、国のギセイ者とちがうかなあ。……もし戦争がなかったら、結婚してふつうの主婦になって幸せな毎日を送ってたと思うよ。——四十になって独りもの、年下の男に入れ揚げる、よくあることじゃないの、可哀そうだ！」

と気焔をあげていた。

元気のいい気みじかホステスも、かなり、奥村彰子サンに好意的である。

尤も、この子は若いのだが、

「ホラ、逃走中に、悪いヒモの山県から電話がかかるわね、そうすると、涙ぐんで喜んでるでしょう、〈声を聞くだけでもうれしい〉なーんて。甘ちゃんやなあ、と思うけど、同じ女《おんな》として、じーん、とするとこあるわね。わるい男ほどかわいい、いうこともあるやないの。あの人の気持がわかる」

と、共感している。

私は、といえば、逃走中の彰子サンと共に、つかのま暮らしていた「建設業」の某氏——ひらたくいえば、大工のオッサンがとてもいい。

新聞でみると、誠実で気のいい男性、と書かれてある。

山県の冷酷無残な仕打ちにくらべて、この男性はやさしく誠実で、彰子の傷ついた心身はいかばかり慰められたであろう、などと紙芝居みたいな文句の新聞もある。

私はこの人に会ってないから、よく知らないが、同棲した小さなアパートに世帯道具も買いこみ、彰子サンに生活費も渡しているのだから、彼にとっても心弾む同棲だったのだろう。

どこの馬の骨か、双方、よくわからない。しかし何か心が通い合って、あんがい、うまくいく。

オッサンはしごく満足である。

むろん、彼女が大それた横領犯人で、指名手配中の身、などということは夢にも知らない。

「朝めしも作ってくれたし……よくしてくれました」

とあとで、オッサンは述懐している。

私は、この男性はとてもいい人だと思う。そうしてこの男性と暮らしているときの彰子サンにも、彼女のうちの、とてもいいものが出ていたのだと思う。

いつまで一緒にいられるかわからない。

薄氷を踏むような生活である。

そういうとき、女は、ゆきずりの男につくしたくなる。これが、夫婦ではそうはいかない。偕老同穴、共シラガを契り合った夫婦だと、一生を共にするので、いちいち献身的につくしていると身が保《も》たない。

しかし期限つきの同居だと、けんめいにつくす気がおきる。私だとしても、そうする。

それに、相手のオッサンが、無心で、誠実で、いい人だったら尚更である。

「いや、そら、ええ人かもしれんけど――」

とカモカのおっちゃんは口をはさんだ。

「僕はどうも、同情に堪えんですなあ――そのオッサン、いかにもあほらしいやろう、思《おも》たら。いまごろオッサン、やけで浪花ぶし歌うて、波止場のドラム罐《かん》けとばしとんの、ちがうかなあ」

「なぜ波止場のドラム罐をけとばさな、あかんのですか」

「歌にありまっしゃないか、〈あけみという名で十八で――〉事実はハヤリ歌よりも奇なり。彰子サンは刑事にふみこまれたとき、市場で買《こ》うてきた花を活けていた。引き立てられる間際、あわただしく男に置手紙していく。そのへんがよろしく、おかしい。〈ごめんなさいと走り書き〉して、〈何のつもりか知らないが、花を飾っていっちゃった〉ますます、よろしなあ」

とおっちゃんはいう。

而《しこ》うして、オッサンは、波止場のドラム罐をけとばし、

「やけで歌った浪花ぶし」

さぞかし、憮然としたことであろう、とおっちゃんは同情するのである。

ところで、私たち女性がことにもおかしかったのは、彰子サンの逃走中の変身ぶりだ。

何日か、共に暮らした男さえ、気付かなかったほど、変身している。つかまったときの彼女は、三十娘ぐらいの派手さで、新聞にのっていた一見事務員風、一見オバサン風手配写真とは似ても似つかず、とうてい同一人物と思えなかったという。

どの新聞も、それを報じる口吻に、オドロキがあった。記事を書いたのは、たいてい男の記者であろう。だから男のオドロキがそのまま、紙面に出ていた。

しかし、女たちはべつに驚かない。女なら、四十女だろうが五十女だろうが、その気になれば三十娘に化けるのは、しごく容易なことだと知っているからである。

これは二重人格なんてものじゃなく、男が女を知らなさすぎるのだ。

四十年輩の女の同窓会、なんてものを見るとよくわかる。親子で来ているのか、というほど、年のちがって見える級友がいる。または恩師を招待したのか、と、とまどうような婆さんがまぎれこんでたりする。これみな、おない年のクラスメート、環境や運命や、着るものの好み、心のもちかたで、そんなにもかわってしまうのだ。

奥村彰子さんの場合は、人目をくらますという必死の目的があるから、よけい意識的にそうしたのだろうが、女の無限の可能性を示して、男たちをあっといわせたのは、印象的で、痛快でもあった。

それも四十代なればこそ、だ。まだ僅かばかりの残《のこ》んの色香もあり、更に悪ヂエにかけては、若者の及ぶところではなく、そういう女が秘術をつくしてたたかうと、世間しらず、物しらずの男なんか欺すのはイチコロなんだよ、わかったか、頭のかたい男メ。

「やっぱり、女って伸縮自在の才能があるのよ、ね」

女たちがうなずき交していると、カモカのおっちゃんが、おそるおそる、

「男にも伸縮自在の部分はありますが……」

と口を出し、抛《ほう》り出すよ！　と女連中に叱られていた。

―契約結婚―

わが友、カモカのおっちゃんは、下らぬことにかけては、泉のごとくアイデアの湧き出る男である。今夜は、酒を飲みながら、こんな提案をのべた。

「結婚制度のひずみ、というか、一夫一婦制度のマヤカシというか、そういうことに疑問をもっている人が多いようですが、これにつき、一つの試案があります。これは片方で人間の幸福をはかり、片方で国家財政がうるおう、という、一石二鳥の名案でありますが」

おっちゃんの話はつねに、金にまつわるようである。

「かんたんにいうと、一種の契約結婚ですな」

「でも結婚いうたら、みな性格は契約から成り立ってるのとちがいますか。夫婦、貞潔を守るとか、遺棄しない、とか」

と私は意見をのべた。

「いや、僕の案のミソは、本質の契約でなく、国家が法律で規制する期間契約結婚。つまり、結婚する、役場へ届け出る、ここまでは一緒、しかしそれを、二年間に限定する」

「二年間しか結婚でけへんの？」

「そうです。いま、おせいさんは二年間しか、というた。はしなくも、お前さんの結婚生活が露呈されましたな。かなり幸福な結婚生活であるらしい」

「ちゃう、ちゃう！」

「何がちがうか、今更あわててもおそい。気に入らん相手と、やむなくくっついている奴は、『二年間も結婚してるの？』と心外そうにいうもんです。——ところで、この二年間はどうしても結婚を継続しておらねばならん。気が合わんからというて別れることはでけへん」

「もし別れたらどうなりますか」

「二年以内に離婚すると罪になる。多額の罰金もとられる。その代り、二年たったら、別れられる。というより、法律で別れな、いかんようにきめられてる。仲のわるい夫婦は、二年たつと大喜びで別れる。何しろ国家の規制やさかい、別れ話にまつわる面倒もないわけ」

「でも、仲のええ夫婦は、別れたくない、というでしょう?」

「そういう夫婦は、契約を更新して、さらに延長する。しかしこの場合、同じ相手と再契約するというのは、税金が高うなる。なるべくちがう相手が好ましいであるが、それでもなお、同じ相手と契約したいという熱烈なる希求を持ってるもんは、高い税金を払《はろ》てでも、結婚しますやろなあ」

「高うつきますね、すると」

「まあ、幸福税とでもいうもんやろうなあ。その代り、値打ちある結婚になりまっせ」

「すると、税金払う資力のない人は、泣き泣き別れると」

「まあ、そこまではなりまへんやろ。その代り、二年たったら別れなあかんのや、と思うと、夫も妻も、一日一日が貴重になります。少々仲のわるい夫婦でも、二年しか結婚でけへんと思うと、お互い、相手をいたわりかばい、慕いつつ、仲ようなります。ケンカなんか、する奴おらへんやろ」

それはそうであろうけれど、かなり気忙《きぜわ》しい結婚である。

私のようなノンビリ屋では、二年間ごとに相手をとりかえるというのは、忙しくて目が舞う。

「その、二年間というのはどこを基準にしていうのですか」

「これはやはり、ボロの出ない期間ですからな。——一年間では、まだ人間一人を理解しつくせない。顔と名がむすびつくのが、せい一ぱい、かつ、夫婦の道も十分、意をつくして探究しがたい。三年となると、これは長すぎてボロが出る。不仲の夫婦にとっては拷問にひとしい長さ、中には思いあまって、自殺する気の弱い夫や妻が出るかもしれぬ。となると、やっぱり、二年ぐらいが妥当でっしゃろな」

「もし、うまいこと気の合うのにぶつかった人は、これは大変ですね。ほかのとりかえるのがいやだとなると、一生、高い税金を払いつづけて……」

「チャリン、チャリン、チャリン、と一回ごとに国家へ収める勘定ですな」

「またか」

「本人が好きでえらんだ道やから、誰に文句いうこともできまへん」

「ウーム、では子供はどうなるんでしょ、お父ちゃんが二年ごとにかわると、めまぐるしくて困っちゃわないかなあ」

「子供！　そんなもんいちいち作るから、ややこしい。子供なんか作らんでもよろし。大の男や大の女が、子供たのしみに生きてることおまへんやろ。世の中にゃ子供よりおもしろいもん一ぱいある。もし強いて作るとすれば、高い税金を払わなければ生めない。子供一人生むたびに、金を払う」

また、金の話か。

「子供はええとして、おっちゃんなら、どうしますか？　高い税金を一生払いつづけて同じ奥さんと終生、暮らしたいですか、それとも、二年ごとに新品ととりかえたいですか」

「それはむろん、二年ごとに契約破棄して、あらてと契約したいですな。しかしそうなると、敵味方入り乱れての白兵戦、男も女もウカウカしておられんようになります」

「そうかしら」

「そらそうです、ええのんはすぐ人にとられてしまう、ボンヤリしてると目星つけたんもさらわれてしまう、さながら戦国乱世といった趣の男と女の仲、こないおちついて酒なんか飲んでおられまへん。結婚したとたん、二年先の相手をより心積りして物色したりして、餅がのどへつまったようなあんばい、中年になるとしんどいですな。――やっぱり、高い金払うて古女房で持ちこたえますか」

いい出した本人がこのざまでは、あまりいいアイデアでもなさそう。

―男の性的能力―

私はかねて、男たちがくだらぬ自慢をきそい、誇りあうのをみて、疑問であった。

何のために、あんなことが自慢になるのだろうか、さっぱり、わかりません。

つまり、男の性的能力を、おのがサイズや回数で計ることである。

たとえばリッパなモチモノが、とりはずしできるとする。そうしてそれを、コンクールでもあると、ヒョータンのごとく酒でつやぶきし、色をくすべ、みがき立てて、名札をつけて出品し、みごと県下一等の栄誉にかがやき、全日本コンクールに出品するとする。審査員それぞれ、自慢の逸物を手にとり、

「ウム、この反《そ》り具合が何ともいえまへん、やっぱり青森県がよろしいようですなあ」

「いやこの、熊本代表の色とツヤが何というても他を圧します」

「そらもう、山口代表の太さに限ります、こんなみごとなんは、ここ数年、獲《と》れたこと、おまへん」

などとあげつらい、論じたてて全日本代表をきめるとでもいうことになれば、それは、サイズを自慢し、色を自慢してもいいであろう。しかし、モチモノは、取りはずし不可能であって、要するに鑑賞、鑑定の対象にならぬ、プライベートな、不自由な道具。そこへもってきて、回数で計るのもおかしい。

昔の中学生がワラ人形に向って、

「エイ、ヤッ！」

と銃剣のけいこをしていたように、はたまた、

「倒立！」

といわれて寒空にサカダチ、又は、

「かけあーし！」

号令一下、だだっ広い校庭を何周かする。次々落伍して、最後まで残った生徒が、

「よーし！」

とほめられたりする。そういうのなら回数自慢、ということもあろう。しかし、男のそれは、ワラ人形に吶喊《とつかん》するのとちがう。相手もナマ身ですぞ。

相手がどういうか、わからないではないか。一回ふえるたびに割増し、などという商売女ででもあれば、向うも励んでくれるであろうが、女によっては、薄利多売よりは一点豪華主義でいきたい、というであろうし、ともかく私のいいたいのは、男は、性的能力を自慢するのに、相手のことを勘定に入れずに、あんまり、ひとりよがりとちがいますかということである。

それはむしろ、ひとりで楽しむ回数の自慢のことであろう。

長年、このことにつき、疑問をもっていたが、このあいだ、ある本を見ていたら、あった、あった、ありました。やっぱり、それについて、マリッジカウンセラーの性科学者や、産婦人科ドクター、心身症治療に当っている神経科ドクターが、口をそろえて、こういうてはった。

「男の性的能力とは、女性がもっている性の潜在能力をどれだけ、ひき出すかにある」

セックスというのは相手が要るのであって、相手なしで自慢したって何にもならず、かつ、これはいちいち、どうやって、どのくらい、潜在能力をひき出したか、目で見るわけにはいかん。

サイズや回数で計るわけには、まいらぬのである。

だから、男は単純だと、かねがね、私は思うのだ。

一晩の回数を誇り、サイズを誇ったって、その女房はいつもふくれっつらで機嫌わるく、サラリーの安いのばかり嘆き、子供に当りちらして叱りとばし、家の中は針のムシロに坐るよう、こういうのでは、男は、女房の性的潜在能力を充分開発した、とは申せない。もし女房が、そちらの方面で開眼していれば、夫婦の情愛も新しい局面を迎え、金が少々足らなかろうが、子供の出来がわるかろうが、おだやかなマイホームになるであろう。

それができぬ男は、いかにサイズばかりリッパでも、つまりは、性的に無能力者である。

性的開発力があるということは、双方、男と女のあいだに共通の基盤、——つまり、愛情のあることで、それがないのに、やたら開発に励んでもダメである。

だから男の性的能力とは、女を愛せる気力、という精神力も含まれる。

年ごろになったから、よめはんでも貰おうというような、かつ、女房がないと会社でも肩身狭いとか、社会的信用がないと、そういうイージィな気で女房貰ったって、とても、開発まで手がまわらない。

だから、結婚当初のものめずらしさが去ると、マンネリになって、やがて倦怠期になるのである。

こういうのは、しばしば、男に、性的能力——女のそれをひき出す能力がないことからおこる。

私などからみると、男というものは、それぐらい女をリードしてほしいと思うのだが、これは夢であろうか。

たとえば、「純潔を守り、お金が大好き」と公言する某女流評論家女史などを、開発する男性があらわれたら、それこそ、われわれ女性一同脱帽して、その男を、

「これこそ男の中の男」と胴上げせずにはいられぬ。

「評論家をうばわんほどの強さをば　持てる男のあらば奪《と》られん」

何しろ、このセンセイ、純潔の守りはかたいのだ。生涯に男は一人、ときめていらっしゃるのですぞ。

そういう、千古斧鉞《ふえつ》を知らぬ大ジャングル、未開の大蕃地に挑み、開墾し、拓殖して営々と開発し、ついにセンセイをして、とろんとした目にさせ、

「やっぱりオカネより男ですわ」

「籍を入れる入れないってとるにたらぬことですわ」

「定期預金なんか、クソクラエですわ」

といわせた男、その男には、ノーベル賞をあげ、男の鑑《かがみ》と仰ぐべきである。

男の値打ち、というのは重ねていうが、そういうことである。

回数やサイズのことばかり考えないで頂戴。

しかしカモカのおっちゃんはあざわらい、

「今どきそんな、大ジャングル、未開の沃野、なんちゅうもんおますか。その評論家は別として、たいがい、男の方が『負うた子に教えられ』ちゅう恰好ですわ」

――昔の殿様――

カモカのおっちゃんがまた遊びに来たので、二人で飲んでいた。

春宵一刻価《あたい》千金。いいきもち。

灘《なだ》の地酒に、肴はフキのトウの酢味噌和《あ》え。

「昔のお殿さまになったみたいな気分ね」

と私がいったら、

「うんにゃ。昔の殿様は、もっと若い美女を横においとったやろ」

とおっちゃんがいった。

「昔は、おしとねすべりというのがありましたからな。ご存じでしょうが」

「知ってますよ、将軍や大名の夫人は三十の声をきくと、夜のお相手を辞退して、
みずからしりぞくことでしょ」

「あれ考えるたびに、僕は昔の殿様がうらやましいんですわ。昔の婦人は、つつましやかでしたなあ。昔の殿様になりたい」

私はあざわらい、おっちゃんにいってやった。

「おしとねすべりをするのは女の見栄からですよ。好き者だと思われるのは、昔の女にとっては死ぬより恥ずかしいことですからね。それに、元来、おしとねすべりの意味というのは、高年出産を避けるためだそうですよ。物の本によりますと、そう書いてあります。昔の殿様の正夫人など、京都のお公卿《くげ》さんのお姫さんがはるばるやってこられる、こういう人は風にもあてず育てられて弱い人が多い、よって、高年でお産すると死ぬかもしれない。高貴な出身や権門のお姫さんであると、婚家先で死なせたりすると政治問題になるかもしれないので、いたわったのです。それがついに慣習となり、規律となったのでございます——べつに、つつましくて、おしとねご辞退したわけではないのダ」

「なるほど、しかし何にしろ、三十といえばソロソロ味がわかってこれからようなるという頃おい。それをご辞退するのですから、やっぱり、大決断がいりますす」

「なあに。ああいうことは、女はクセのもんで、なけりゃないですむのよ」

「そうかなあ」

とおっちゃんは、なおも昔の女をほめたそうに、

「聞くところによると、昔の婦人はまた、嫉妬をつつしみ、自分がおしとねすべりをするときは、次の女性を推挙していったそうですなあ。じつにおくゆかしい。ああ、殿様になりたい。『わたくしの代りにこの女をどうぞ』などとすすめて去るとは、じつにしおらしいやおまへんか」

「そんなことができるのは正夫人だけでしてね。妾は身分卑しいから、次の女をすすめるなんて僭越《せんえつ》なことはできない。三十になると、だまって消え去るのみ。――正夫人の奥方は、奥向きに権力をもってますから、自分の召使いの中から見立ててえらぶのです、亭主に進呈する女を」

「ナヌ！　そうなるとすこし考えもんやなあ」

とおっちゃんは考えこんだ。現実的なこの男のことであるから、殿様と奥方を、ただちに、自分と女房にあてはめて考えているのであろう。

「うーむ、女房《よめはん》がえらぶのか。それは困る。やはり、自分でえらびたい」

「そんなわけにいきませんよ。将軍やご大身の大名になるほど窮屈で不自由なんです。殿様だからといって、どんな女にでも『近う寄れ』というわけにいかない。

格式やきまりがあって、手続きが面倒なんでございます。おっちゃんがバーのホステスをくどくようなわけにまいらない」

「しかし、しかし……」

とおっちゃんは身悶えた。

「僕はやっぱり、自分で見立ててえらびたいですなあ。女房《よめはん》の見立てはこまる」

「どうしてですか。長年つれ添った女房なら、亭主の気心も好みもわかっているんだから、そのえらんだ女はまちがいないでしょ」

「いや、ほんまいうと、女房はあまり信用でけん。女房というのは、そういうと き、口ではきれいなことをいうが、内心、何を考えてるやわからん。必ず、意地悪する気がする。つまり、わざと不感症の女をすすめるとか、美人やけど腹黒い奴とか……」

「そんなこと、最愛の殿様に向ってする奥方はいませんわよ」

私はうれしくってならない。おっちゃんを（男を）いじめるのは、だいすき。

「そりゃあもう、心しおらしくみめうるわしき、若いさかりの十八、九、ハタチ、なんていい子を推しますよ」

「いや、そうは思えん。何か、裏を掻きそうな気がする」

「この際、いっときますが、昔の殿様というのは、物の本によりますと、あんがい不自由なものだとありますよ。さっきもいったように下々の方が却って気らく。殿様なら手を鳴らしたら女がくる、思《おも》てるのかしらんけど、前もって指名しないと手続きが間に合わない。それにお寝間には、回数、時刻の記録係りがいて、不寝番がいて、ゆっくりむつごとを交すわけにはいきません」

「ウム、それは聞いたことがあります。しかし、それはかまわない。この年になりますと、そばに人が居ってもべつに、どうちゅうこと、ない。それに、記録係りも不寝番も、女でっしゃろ？」

「むろん、大奥へは、男は殿様一人しか入れません」

「ほんなら、記録係りや不寝番も引き入れて楽しく遊べるというもんです」

おっちゃんは不敵に笑う。どうしてこう、四十男というのはやりにくいのだ。

「えへん、毎晩、そんなことできると思うのがマチガイ。殿様は一代や二代ではなく代々つづいてるので、先代、先々代、先々々代の命日は精進潔斎で女人を近づけるわけにはまいらん。すると月の内、大奥へ入れる日は何日かしかないのです。この際、不感症でも腹黒でも文句いえない」

「しかしそれがようやく馴染んで気に入ったところでまた、おしとねすべりとなる……」

「そーんな、幾かわりもできるほど、おっちゃんが保《も》つと思ってんの？」

おっちゃんをやっつけたのは、私、はじめてだった。

——器用、不器用——

私とカモカのおっちゃんとで、酒を汲み交しつつ、男と女、どちらが器用か不器用かを論じていた。

私は、男・不器用説である（むろん）。

なぜああも、男の浮気は発覚しやすいのですか。

男のへそくりは見つかりやすく、男の弁解は見破られやすいのですか。

それは、男が正直だということもあるかもしれないけれど、いかにも「鈍《どん》くさい」印象を受ける。

世間的にはリッパな押出しで通っていて、人格識見ならびすぐれたオトナの、さむらいたる男が、家庭で、妻に見せる不器用さはもう想像もつかない。

浮気すると、うろうろそわそわする。子供を抱く手つき、妻を見る眼にもスグ変化があらわれてくる。妻の第六感にはピンとくる。

何か、おかしいなとすぐわかる。

秘密の証拠物件、また、へそくりなどの隠匿《いんとく》のしかたも、いかにも不器用である。あたま隠して尻かくさず、自分ではうまくしてやったつもりでいても、ナゼカすぐ見つかってしまう。

よく、本の中身を抜き出して、函《はこ》の中に秘密のモノを入れ、何喰わぬ顔で本立てに立てておくということをやるが、その際、函から抜き出した本をそのへんに転がしておくからすぐわかってしまう。

オヤ、なぜこの本は、函の中へ収めてないんだろう。この本、よんでるのかしら。いやいや、近頃、本など手にとって見たこともないはず。新聞と週刊誌しか、よんでないはずなのに。女は眼光炯々《けいけい》と室内を見廻す。と、本立てに立てた、くだんの本の函がすこし列を乱している。あやしい。見るとやっぱり、中に見知らぬモノが入れてある。

机のひきだしもそう。きちんと閉まってたはずのひきだしがすこし開いている。それだけで、女はすぐ、ピンとくる。押入れの戸も同じ。額のゆがみ具合、物置きのたたずまい、異変は女にはタチマチわかる。無駄な抵抗は止めよ。女に掛ったらどんな策士も負けてしまう、とラクロはいうているが、女にいわせれば、男のそんな不器用さは気の毒なだけである。

私が男のチエで感心したのは、昔よんだ大佛次郎先生物するところの鞍馬天狗だけである。

この男はかしこい。われらの親愛なる鞍馬天狗氏は花を活けた花瓶の底にピストルをかくしていたのである。誰だって花瓶には水があると思うが、水が入ってなかったのだ。

そのくらいの気働きをする亭主は今どき居らぬとみえ、ともかく秘匿《ひとく》したものは必ず女房によって、ネズミの巣をつまみ出すごとくきたならしそうに引きずり出される。

第一、物を隠しに立つ時間も、長すぎてピンとくることがある。帰宅して、上衣をハンガーへ掛けて、居間へ来るまでの時間が長すぎる。

何をしてるんだろう？　と女はフト思う。いつもは、

「アー、腹へったへった」

とか何とかいいつつ、手をこすり合わせ、貧乏震いしてタッタカタッタカとやって来て、食卓の前に坐る男が、いつまでもゴソゴソとしている。

「どうしたのォ。おつゆさめるわよォ」

などと叫ぶと、

「ウ、ウン」

と男は驚いてとび上る気配。トイレの時間の長短も、男の靴音もみんな、異変はカンでわかっちゃう。男って気の毒。お見通しなのだ。

「そうかなあ」

何でも異をとなえるカモカのおっちゃんはいった。

「男から見ると、女は、こまかい所でカンがええかもしらんけど、大本《おおもと》の所では抜けとるなあ。――だいぶ前ですが、亭主の浮気を偵察しようと、亭主の運転する車のトランクにはいりこみ、排気ガスで死んだ女房《よめはん》があった」

「ええ、ニュースにありましたね」

「男にいわせると、そういうやり方はいかにも不器用、かつ、興信所を使うてその報告書をバンバン叩いてとっちめる女も不器用。夫婦げんかして、そんならとすぐ実家へ帰る女も不器用、そんなん、男が迎えにくるのを待っとるのかも知らんけど、男にもイロイロあって、女房《よめはん》が一たん帰ったら、断固、迎えにいかん、とつむじ曲げてしまう男もあるんですぞ。その見分けのつかん所が不器用。けんかの最中、亭主の職業をさげすんで『何さ、タカガ××のくせに！』と叫ぶのも不器用です、タカガ、といわれたら、どんなにおのが商売の気に入らん男でもカッとなる、そういうことがわからんのが、いかにも不器用でまことにお気の毒、というほかない」

「でも、手先の器用、不器用ではたしかに男の方が不器用です」

と私はやっきになっていった。

「女の子にいわせると、男はいつまでもノロノロして、さっと進行しないんだそうですよ」

「何を進行」

「つまり、デートの最中、手がモタモタして、女が心中、舌打ちしてんのに、見当はずれなとこばっかり探ってるということがあるかもしれません」

「見当はずれ」

おっちゃんは殊更らしくあたまをかしげ、

「それは何です、男がわるいのではない、当節、女の子なら猫も杓子も穿《は》くなるパンストというものがわるいのだ。スカートの下へ手を入れても、ツルンとしてすべって、いたくやりにくい」

何の話や。誰もパンストの事なんていわへん。

「仕方ないから、あちこち探る。どこもかしこもツルツルすべってアリの入りこむすきまもおまへん。どないなっとんねん、男はイライラする。それを不器用というのは酷《こく》です」

「おっちゃんは経験あるとみえますね」

「いやいや。そんなことより、僕にいわせれば、そのとき、そっと男に知られぬように、女が手伝うべきです。それをせずに、木偶《でく》のようにじっとして、心中舌打ちするだけの女の方がずーっと、不器用です」

―プレイボーイ―

毎日、カモカのおっちゃんとお酒飲んでいると太平楽であるが、こうしている間も、老いは近づいてくるのだ。その用意はいいのだろうか。

「――準備はできてるの？」

「ここでっか？」

とおっちゃん。何のこと？　何を考えてるんでしょうね。

「いえね、老境に近づく心の準備です。用意はいいの？　ということ」

「なーんや。とつぜん、準備の、用意のというから、おせいさんむらむらと来て挑まれたのかと思《おも》た」

「ヒッ」

「こんな台所で、どないしょ、思てうろたえた。老いの準備はともかく、色ごとの準備はふだんできとらんので、いざカマクラというと、オタオタします」

「だーれが、おっちゃんなんか相手に。ヘン」

「そないいうたもんでもおまへん。これでも昔は、いくらかプレイボーイで鳴らしました」

「鳴かず飛ばずってのは、その後のおっちゃんのことですね」

「過去の栄光だけで、折れて曲るくらいですわ」

「しかし、プレイボーイのほまれも、そのかみのことになった、今はタダのとしよりが、いたずらに過去の栄光を吹聴、自慢しているのは、聞き苦しく、見苦しいものです」

「ナニ、そんなことおまッかいな。僕は、老いの準備というと、まず、そのことですな。かつてのプレイボーイとして、老いれば昔の赫々《かくかく》の武勲を、しゃべるたのしみがある」

「それがいやですねえ」

過ぎし日露の戦いに、というのはいちばん頂けない。

老いたるプレイボーイが、洟水すすり目ヤニ拭き拭き、手を震わせ、身ぶり手ぶりで、そのかみの戦果を誇大にしゃべりちらすなんて図は、物あわれである。

「プレイボーイいうのは、たえず現時点の栄光ですからね。過去の実績は問題になりません。そうして、プレイボーイというのは、老いたらむろん、若盛りでも、戦歴については黙して語らずが、よろしいのです」

「そら、ちがうなあ」

とおっちゃんは、捨ておけぬ、とばかり、身をのりだした。

「黙して語らず、というのは、若盛りはそうでもあろうが、年とったらそれではあかん。年とって、黙して語らぬ、いうのは、女にも浮世にも関心はなれた証拠で、棺桶に片足つっこんでますな。色気の無《の》うなった証拠」

「そうかなあ」

「入歯ガクガク、白髪ふり乱し、足もヨタヨタして、栄光の過去を熱意こめて語る、それがよろしいねん。プレイボーイの老いたのは、なかなか、旨味《うまみ》のあるもの」

「なまぐさいやありませんか」

「何いうとんねん――若いときプレイボーイやなんやといわれても、年とって、ツキモノおちたように脂気ぬけた爺さまになる人あり、こんどは若いもんに堅いことというて説教する人あり、そんなんはダメです。――腐っても鯛、老いても男、灰になるまで女に関心もたなくてはいかん。こう見えて、僕はいまも、自分では現役のつもり」

「実績ないじゃん」

「実績というのは、異性に対する関心のあるなしでいう――これはもう、不肖、若き日より、生々世々、つきせぬ泉のごとく湧いとりますねん」

口ではおっちゃんにかなわない。

「そうかなあ。すると、プレイボーイというのは、実績よりも、異性に対する好奇心と関心であると」

「さよう」

「そんなら男はみんな、プレイボーイではありませんか」

「これが案外、そうやおまへん。関心もっとっても抑えつけて、関係ない、いう顔しとる奴もあり、ちょっとひと年《とし》拾うと、すぐ女に関心なくして、子煩悩ひとすじという奴、小学生のわが子の成績自慢、または会社のロッカーにわが子の写真を貼りつけとる、いう手合い、こういうのが多いんですな」

「まだ壮年中年の男で、そんなハカナイもんですか」

「現代は、若年ですでに、そんな奴がふえておる。女にみとれるより、赤ん坊にみとれる、ちゅうような、婆さんの腐ったような男が多い」

「では、老年になって、女に関心と好奇心をもつ、ということは、たいへん、ありにくいことで……」

「そやから、それを真のプレイボーイ、という。若い男、恰好よい風をして車なんかころがして、安もんの女、次から次ひっかけとる、なんていうのは、これは犬ころのふざけ合いにすぎん。こんな奴がすぐ子煩悩になりよる」

いや、そういえば思い当りました。上方落語の御大《おんたい》、笑福亭松鶴《しょかく》師匠、この方はもういい年だが、すごいプレイボーイ。実績だけではなく、好奇心と関心も物すごい。私はいつか、大一座の中で師匠によそながらお目にかかったことがあった。そのとき師匠は大一座をずーっと見渡し、私の所へ視線がいくと、（ハテ見なれぬオナゴがいよる）という風情で、じっと私を見つめられる。その視線というのが、じつに色けがあって、男の好奇心むき出し、値踏みするようにためつすがめつ、イキイキと面白がっていて、躍動する若々しい好奇心を感じさせられた。私は一ぺんに師匠を尊敬し好きになってしまった。男というものは、あらての女に会ったときは、そういう風でありたい。私は師匠を男の中の男であると思ったが、おっちゃんにいわせると、

「それこそ、真のプレイボーイ」

なのだそうだ。

「僕も何かは以て松鶴師匠に劣るべき。老いの未来はプレイボーイ道《どう》に徹するつもり。バラ色にかがやいています」

「カモカのおっちゃんが死んだときの追悼句ができたな。『プレイボーイなどとよばれる人なりし』なあんてね」

追悼句というのは重々しく詠み上げると、何かおかしい所に特徴がある。

男のいじらしさ

私は男がセッセと働いているのを見ると、いじらしい気のする所があり、前に佐藤愛子チャンに話していたら、

「ふつうの女やったら、男が働いてるのを見ると、凛々《りり》しく頼もしく思うもんなのに、あんたけったいな人やネー」

と感心された。

まあたいがい、婦人向けよみものなどではそういうことになっている。

家の中ではゴロゴロしている男、女房子供のヒンシュクを買い、軽侮されている存在なのが、職場では打ってかわって別人かと思うが如く、はたまた、水を得た魚の如くハリキッて働いてる。たまたまそれを目のあたり見ると、妻たちは、

「やっぱり男の人というものは――」

と見直し、

「さすがはお父ちゃん」

と、何もわからず男を軽んじた女のあさはかさを自責する、というような手記や座談会が多い。

これは思うに、オノロケのうら返しであろう。

オノロケをいうことではおさおさ劣らぬ私であるが、ナゼカ、働いている男を見るといじらしくて涙が出そうになってこまるのだ。

ちょうど幼稚園の運動会を見るよう。園児たちが、レコードについて首をふりふり踊り出す、「メダカの学校はァ――」で、みんな教えられた通り無心に手をつなぎ、輪になったり、立ったり坐ったりする。そのあどけないしぐさ、素直なようすを見ていると、大人というものは何となくやるせなくせつなく、かわいいというよりはいじらしい感じで、まぶたのうらがあつくなってくる、そんな種類の感慨である。これをありのまま人に伝えることはむつかしい。

受けとり方によっては不遜《ふそん》な言辞ととられる。何だか自分は高みにいて、神様か何ぞのように男を見おろして哀れがってるとはけしからん、と思う殿方もあるかもしれない。

しかしむろん、決してそういうものでもないのだ。私は殿方をそんな目で見たことはない。そういう感覚ともすこしまた、ちがう。

たとえばこの間、私は町でぼんやり立ってると、見知らぬ男であるが、セカセカとビルから出て来た。そうして駐車場へ入り、古ぼけたブルーバードにカバンを抛りこみ、運転席にそそくさと身をねじりこんで、ドアをバタンとしめた。入口の守衛さんにあいそ笑いして、日盛りの暑い町へ、車をころがして走っていった。

そんな恰好見ると、何だかもう、いじらしくてこまるのだ。

思惑通りに取引きできないのか、アテがはずれたのか、えらいクレームつけられたのか、契約を小便《しょんべん》されたのか、一人になるとムーとした顔になっちゃったりして、目を血走らせ信号のかわるのを待っている。

その殿方は、私が見ているともつゆ知らず、無心にやってるわけ。しかし男の無心というものは、女心をそそるもんである。色の恋のというのではないが、何か世の哀れを感じさせ、まぶたの裏があつくなる。お利口お利口という感じで、胸をきゅっとしめつけられそう。

儲かったのか儲からないのか、せわしく心もそらに惑い歩き、私はもう、男が汗をぬぐいながらセッセと歩いているのを見ただけで、涙ぐんでしまうんだ。

「あんたって、ほんと、ヘンよ。歩くのは誰だって歩くやないの」

と女友達の一人に叱られてしまった。しかし、男はいつも仕事でほっつき歩くわけでしょう、足を互いちがいにくり出したりしちゃって、そのいじらしいこと……。

「バカっ。両足一ぺんに出したら蛙とびになるやないのさ！　いったい何だってそう、男に哀れやいじらしさを感ずるの？」

それは私にもわからない。

しかし男の姿というのは根源的に哀れがつきまとう。得意先に注文とりにいってボロクソに追い返されたり、いやな上司にけちょんけちょんに叱られたり、気のくわない同僚がすいすい昇進してえらそうな大口を叩いたり、それにじっと堪えてる、そんな恰好を想像させるからである。

「そんなことは男やったら、当り前のことでしょ！」

とまた女友達はいった。

「でもねえ、何か、ふびんというか、いとおしい、というか、男は一生けんめいやってるという感じで……」

「じゃ、あたしはどうなの？」

と彼女は吠えた。この女友達は共稼ぎの女教師である。朝は六時に起床し、上の子の朝食を作り、学校へ出し、下の子をおばァちゃんにあずけにいき、主人を食べさせて自分は戸締りして出かける。電車にゆられつつ、朝食をとるひまがなかったことを思い出したりする。帰ると子供を迎えにいき、夕食の支度あと片づけ、洗濯掃除、生徒の答案調べ。

「この大車輪の活躍、いじらしいと思わへん？」

それは、いじらしいというより悲壮凄絶のかんじ。勇猛果敢、一路邁進《まいしん》、断じて行なえば鬼神も之《これ》を避くという烈婦の鑑《かがみ》、どこに哀れやいじらしさがあろう。ただただ、脱帽あるのみ。

「お年よりでセッセと働いてる、そんな人の方が哀れなんじゃない？」

それは別の次元であって、厚生大臣の考えることに入り、男の哀れ、いじらしさは、どこへ尻をもっていっても「管轄外だ」とつき放されそうな哀れだから困るのだ。こういうのは私自身もこまっちゃう。

男がいじらしく見えると片っぱしから尽したくなり、体がいくつあっても足らぬ。「滝の白糸」の千手観音ができてしまう。そこへ、

「あーそびーましょ」

とカモカのおっちゃんがやってきた。あ、これはダメ。酒飲んでいるときの男と、女とナニしてるときの男は、いっこう、いじらしくも哀れでもないのだから、尽す気は起らないのだ。してみると、私が男にいじらしさを感じたとて、男には何のプラスにも得にもならぬのだ。

お気の毒さまでした。

――花は桜木、女は間抜け――

私は、電話でアンケートに答えるのは、よそうと思う。

ナンデヤ、というと、聞いた方は大阪弁をしらないから、いいかげんなことを書く。本になったのを見ると、

「そんなことおまへんやろ」

「そうでんなあ」

などと私がいったことになっている。

こういうコトバ、私は使わない。私は笠置シヅ子サンでも融紅鸞女史でもないんだよ。

私だけではなく、五十代の女《ひと》でも、現代の大阪女は、もう使わない。団地に住んだりする奥さん、四十代でも、それ以下はむろん、使わない。

内々の砕けた物いいで、

「そんなことないやろ」

「そやなあ」

などというのは使うが、改まって、見も知らぬ人としゃべるときは、「そんなことはないでしょう」「そうですねえ」と標準語に移行してしまう。私も、そうである。敬語の大阪弁は死語になりつつある。

そういうセンスがない人が書くと「そうでんなあ」と私がいったことになる。これは失礼なものの言い方、ということに（現代の大阪の女性言語文化では）なっている。「そうでんなあ」や「おまへんやろ」は、昔は敬語であったが、いまのニュアンスでは、女性が使うと、ぞんざいな語法である。よく知らない人に、そんなぞんざいな言葉遣いを女はしないはずである。「そうでんなあ」も「おまへんやろ」も、最近、ある本に私の談話として載ったものである。——いや、大阪弁の話をするつもりではなかった。大阪弁をまちがって書かれるのもこまるが、それより私は、「○○さん談」とのるのに、ふさわしくない人間であるような気もされる。「○○氏談」とやってぴたッときまる人と、あまりそぐわない人とあり、不肖、私はうたがいもなく後者の方である。人間には「格」というものがある。

したがって、あまり講演などもせぬ方がよい。私は講演はみなおことわりしているが、ときに引き受けさせられることがあり、講演の中身を録音してスリモノになってくばられたりしたのをよむとまるで梅巌《ばいがん》の「心学道話」である。自分ではそう思わないコトバが次々に出て、説教くさくなってしまう。壇上へ上ってしゃべる以上、どうしてもそんな形にした方がいいと思うらしい。つまらぬことだ。

それからして私は考えた。

四十になれば、自分の顔に責任をもて、というけれど、それは、自分の顔にふさわしいことをする、ということでもある。私の顔につかわしいという状態は、演説ではなさそう。お酒飲んで笑ってるときの方が、かなりいい線いく、と思うんだ、われながら。

心学道話や「何々さん談」には不向きと思う。

「ねえ、そう思わへん?」

とカモカのおっちゃんに聞いてみた。

「まあ、そうでしょうなあ。心学道話をする顔ではない。電話アンケート、新聞の評論、みな、あんまりおせいさんには似合いまへん」

と、おっちゃんはいう（男はこんな風に大阪弁の敬称を女よりも自由に使う）。

「そうね、人間の格がないですからね、私は」

「まあ、格のありすぎるのもこまるけど。而《しこ》うして、中年女、みな格あり、男としては大こまりです——ああ、中年女はイヤヤ」

「何でですか。おっちゃんはいつも、中年女をほめるではありませんか。もう若いもんはしんどい、とか。〝花は桜木、女は中年〟とか」

「いや、ホンマのというと、内心、やっぱり、若い女が好きですな」

「卑怯者、去らば去れ、われらは中年守る。——前言をひるがえすとは無節操です」

「なんでいうたら、若い女の子は間抜けてるからでしてね。——そもそも、男のきらいなものに、女の分別くささがあります。若い女の子はどことなし間抜けてて、男としては気らくでよろし」

「キッキッ」

「自分ではかしこいつもりでも、あたまかくして尻かくさず、いう所がある。どことなく未熟、拙劣、セイ一ぱい背のびして見せてもどこかネジがはずれてて、ご愛嬌」

「キッキッ」

これは、私の歯ぎしりの紙上録音なのである。私はいった。

「あたまの中が、からっぽということではありませんか、それは」

「からっぽ！　それがよろしい。女はからっぽに限る。かしこい女、分別くさい女、したりげな女は、男には、かなわんのですぞ」

――今日の風向きはおかしい。

「およそ男が中年女を好かぬのは、まず、分別ありて、身の処し方うまく、他人をあげつらい、ことには男に指図するから」

「けっこうではありませんか。見てられへんからです」

「目から鼻へ抜けるような女が多い。そうして、男のすることなすこと、うしろから論評して、せせらわらう。劫《ごう》を経た金毛九尾のキツネのごとく、はたまた、古池のヌシの大ナマズのごとく、悪ヂエと奸智にたけて、ノターッととぐろをまき、また、シャクにさわるけど、世の中のこと往々にして中年女のいうとおりになるから始末にわるい」

「先々まで、ふかくよんでいるからです。すべて中年女のいうことにしたがっとれば万全なのです」

「そこが、男としてはハラ立つ。今日びの中年女、みな目から鼻へ抜けて、分別ありげなヤカラばかり。中年女から分別引いたら何が残るか？」

「いろけ」

「あほ、そんなもん薬にしたくもあるかいな。中年婆から分別引いたらズロースとツケマツゲだけ、ああ、中年女はいやや。女はあほ・間抜けがよろしゅうございます」

おっちゃんは私を見て、

「おせいさんの間抜けぶり、あほさかげんは、かなりのクラス、まああですぞ」

私としては、喜ぶべきか怒るべきか。

——あと始末——

私が信頼するすぐれた評論家の樋口恵子さんは、「男の子にあと始末のしつけを」と提唱されている（『毎日新聞』昭和49年8月12日付）。

男はあと始末のしつけを受けていないので、前へ前へと進むだけで、他者の痛みを予測しない。「世界に冠たる日本の公害体質は、あと始末を知らない日本男性によって支えられ、拡大再生産されてきた」といっていられる。全く同感である。私は「家庭科の男女共修をすすめる会」に賛成である。

そういうことは、日本文化の根本が、女性的論理や思考に冒《おか》されることだと難ずる男が多いが、それは関係ない。

日本文化というのはフシギに、男性上位の社会でも、女臭をただよわせるところに特徴があるのである。

日本文化の女性的傾斜を論じていると長くなるから止すが、どうしてまあ、男というものは本当に、あと始末、わるいんでしょう。

私は前にもどこかへ書いたが、子持ちでワンセットの男と結婚して一ばんびっくりしたのは、息子たちが徹底して男性上位の躾《しつけ》を受けていることだった。これから見ても、男子三歳までにあと始末の訓練をさせるべきで、もう小学生ともなると手おくれである。

私は、小学五年の次男が、外から帰ってきて、

「ただいま。表に犬のフンが落ちてるよ」

と私に注意したときの驚倒と憤怒を忘れがたい。

「バカッ。フンが落ちてりゃ、オノレが掃《は》けッ！」

と私は、怒髪、天をつくが如く、怒号した。

女をなんだと思ってるのだ、こん畜生。

ほんとうにびっくりしたんでございますよ。

何という躾をやらかすのだ。こういうことを男の子にいわせる母親というものがどだいバカなのだ。自分が住んでいる家や自分が食べたもののあと始末をするのは人間として当然のことで、男も女も、区別があるはずがない。

男の子は、そんなことをいちいち考えていては、りっぱな仕事ができませんよ、と、母親自体から苦情が出るかもしれないが、しかし、では、りっぱな仕事、というのは何だろうか。大学へ入って一流会社へ勤めるか、役人になるか、何にしたって男のやってることを見れば、りっぱな仕事、というのは金もうけと戦争に集約されるのではないか。もはや大航海時代は終ったのだ、りっぱな仕事をするのは、女の中にもいるかも知れず、男だから女だから、というので家庭科を区別する必要はない、と思う。

日常生活では赤児と同じに、手の掛る男がいる。私は、いくらかわいくても、こんなバカみたいな男はごめんである。洗濯一つできず、料理も知らず、妻がいないとヒゲぼうぼうになり、空き腹と憤怒を抱えて隠忍している、というような男は、私には無能のバカ者としか見えないのである（尤もそれと同じく男がいないと食っていけない、という女も、しかり、である。男がいなければ淋しくて生きていけない、というのなら話はわかる。しかし男に食わせてもらわなければ生きられない、という女はこまったものである。自分の手で食べるということも、人間に生まれたあと始末かもしれない）。

ところで、市川房枝さんのところから、この間、カンパのお金が還ってきた。

選挙のとき「供託金を募る会」というのがあり、いささかカンパしたら、はじめの約束では、選挙後は返却するということで、私はむろんそんなことを考えずにカンパしたのだけれど、ほんとうに全額、返済してこられた。

私だけでなく、すべての募金に応じた人に返されたものだと思う。すぐれたあと始末ぶりである。

また、野坂昭如センセイは、選挙後も、事後運動の会を主催して、立候補のときの所信の責任をとりつづけていられるのは、りっぱなあと始末と思う。スジの通ったことであろう。

かの太陽への挑戦者のあと始末とは、えらいちがいである。

あと始末を考えないで、その場その場でハッタリをやってるのなら、それは、いくらでも「りっぱな仕事」ができるわけで、カッコいいことであろう。

すべて、カッコよさというのは、あと始末なしのところに生まれる。

カッコよさ、というのは、やってる当人にいうと、とても怒るところに特徴がある。

私は以前に、ゲバ学生と話してて、何心もなく、

「カッコいいと思ってる?」

といって、いたく叱られた。彼は怒りでとび上り、

「カッコいいと思ってやってるんじゃないんだ！」

と叫んだ。これは彼が、もしかしたら、自己陶酔でカッコいいと思ってたせいかもしれない。しかし彼は、あと始末なんか考えないから、ゲバってられるのである。

「あと始末、あと始末というても、なあ……」

カモカのおっちゃんは考え深げに、

「男はあんまり、あと始末を叫ばれると萎縮してしもて、ほんならはじめから、やめとこか、という奴もでてくる。僕も、あと始末がじゃまくそうなると、何もせんとこ、ということになる予感があります」

「そんなもの、い、い、おっちゃんだけでしょう」

「いや、その昔、石原慎太郎サンが、障子を破ってみせたときも、男はみんな、いうとった。破ったあと貼るのン、誰やねン、て。自分で破って自分で貼ってられまッか、じゃまくさい」

「まァ、その障子は別として、ですね……」

「あと始末といえば、女とナニする、あとコマゴマした用事する、みんな男がや

りマンのか」

「それはその……」

「シーツ直したり、電気つけたり、タオルとってきたり、水汲んできたり……」

「あの、それは、ですね……」

「そんな、しんどいあと始末せんならんのやったら、はじめからやめます。見てみい、男にあと始末強要すると、こない、なるねん」

—女は太もも—

今夜は珍しいお客サンがきた。私の小学校時代の友人である。

この人、機械関係のエンジニアで堅物《かたぶつ》サンであるが、酒を愛し漫才を好む人。

角壜《かくびん》一本提げて、ニコニコして、

「こんばんは」

とやってくる。男あり、酒を携えてきたる、また楽しからずや。私は大よろこびして、

「ちょうどよかった、もうひとり、いつも『あーそびーましょ』とくるのがいるんだ、アイツを待って飲もうね」

「知ってます、カモカのおっちゃんでしょ?」

と、機械屋の、キタノサンはいう。

「僕いつも、おっちゃんの話は読ませて頂いておりますから」

キタノサンは、昔ニンゲンであるから礼儀正しいのである。ちゃんと敬語も知っている。

そうして彼の名刺の肩書には、「盲腸」とドッコイドッコイであるが、泣き泣きでも「長」とついていようというポジション。

同級生だから年はおなじで、

「サイタサイタ
サクラガサイタ」

という読本を、声張りあげて共に読んだ戦友である。

あんまりカモカのおっちゃんが来ないので、家へ電話してみたら、おっちゃんは家にいた。

「肝臓をいためましてな、これから入院するところです」

「ナヌ？　肝臓をいわした？　ドジ。スカタン。ぬけさく。健康も才能のうちなるぞ」

「いや、そういわれるとまことに尤《もっと》もでありますが、まあゆっくり休養できてこれも、芸のうち。——さらには病院というからには看護婦サンもおりまっしゃろうな」

「そりゃァ、いるでしょ」

「しめた、ヌハハ……。ぽちゃぽちゃ、むっちり、ふっくら、すべすべの看護婦サンにやさしくいたわられ、触っていただくたのしみもあり。やあ、人生いたるところ、スカートありですな。ちょいちょい、お電話下さい、今週の病状と共に、今週の成果も報告します」

「そういう人には、鬼をもひしぐ、いかつい婦長サンなどがつくのです」

「それはそれでまた格別の風情あり」

「お酒を飲めないのは辛いやろ」

「いやいや。飲めんから、いうて悲しむのは大人物ではありませんぞ。大人物は三度のメシでも、酔うことができるのです。いやァ、入院生活が嬉《うれ》しゅて嬉しゅて。何しろ、目先の変ったこと、というのは大好きですからな」

口のへらぬ男であるのだ。

仕方ないから、私は、キタノサンとさしつさされつ、飲む。

こっちは、カモカのおっちゃんとちがって四角四面《スクエア》だが、しかし、同世代の幼《おさな》馴染《なじ》み、青いレモンの気やすさで、気心が知れていていい。

「人生いたるところスカートあり、なあんて、ほんとに中年男って図々しいね」

と私がいうと、キタノサンは首かしげ、まじめに考えこむ。

「そうかなあ、僕なんか、リチギ、マジメ、小心ですから、図々しいとは、思われへん。よう世間では、いやらしい四十男とか、中年男の脂切った欲望なんて、ポルノ映画の看板みたいなこと、いいますが、そうかいなあ。図々しい中年男なんて、どこの世界のひとかと思いますよ」

「図々しい中年男自身も、そういってるでしょうね」

「ハッハハハ」

キタノサンの笑い方は、正眼にかまえた型でハッハハハというのがクセ。素直なのだ。ヌハハハ……とか、いひいひ、わひわひ、などと笑わない。

素直な御仁だから、何でも素直にこたえる。

「ねえ、キタノサン」

「何ですか」

「男の人って、ほんまに入院しても看護婦サンのことばっかり、意識してるんですか」

「さあ。僕は幸か不幸か、とびきり健康で、入院の経験はおまへんが、しかし男としては、たえず女のことは、意識のスミにひっかかってるでしょうなあ。看護婦サンだけや無《の》うて」

「全然考えてないときもあるでしょ、たとえば、仕事のミスで上司に叱られてるとき、とかさ」

「小学生のとき、女の子の居てる前で先生に叱られるのは切なかったですな。男なんて、四十になっても、小学生みたいな気分がどこかにありまして、同じですよ」

「同じでないとこって、どこかなあ」

「まあ、それは、女を知ると知らぬとではえらい、ちがう」

「キタノサンは、おくさんがはじめてですか？」

「いや、ちがいます。その前に知ってました」

こういう所、キタノサンが機械屋だから正確なのではなく、男だから正確なのである。

女は、こういうとき、きまって、ゴマカしたり、ウソついたり、話をおぼめかしたり、わからぬ風をする。男は正直でいい。

「はじめて女の人を知って、何にいちばんビックリしたの？　教えて教えて」

と私はせがむ。

「さよう」

キタノサンは正確を期すべく、再びマジメに考えこみ、

「ふともも、でした」

「太腿《ふともも》」

「はあ、女のふとももって、こない太いのんか、とビックリしました。太うて白かった」

「それは何ですか、年増《としま》で肥満した女性？」

「いや、すんなりした娘でしたが、外から、あるいは横から見とっても分りまへんでした。それが、脚あげたん正面からみたら、ほんとに太うて白うて——」

私、一生けんめい考えたが、どうもよくその状景がハッキリしません。私の方は、というと、男性の軀《からだ》をはじめてみて一番ビックリしたのは、

「あのう、揺れてることでした。だって女の体で、揺れてるトコなんてないんですもの」

「バカ、あほ。淑女がいうことちゃう」

昔ニンゲンのキタノサンに叱られた。

――人生廻り灯籠――

「やあ、また仕事してますのんか」

とカモカのおっちゃんはやってきていう。おっちゃんは悪運強く退院し、元気になってる。私はもうセッセと書いている。

「一カ月入院してる間に、たまっちゃった」

「一カ月も入院しとったら、人生観かわるはずやけどな」

おっちゃんは首をかしげ、

「人生は長く、芸術は短し、ということをソロソロ悟らにゃいかん。凡愚の身に何をあくせく紙クズを作るのか、更年期も近いことではあり、ええかげんに仕事も措《お》きなはれ」

「しかし、好きなことはやりなさい、とキタノサンはいいはった」

「キタノサンは甘やかすから、いかんなあ。牛と女の尻は三日にどつけ、というのはここの所をいうのや」

「どうしておっちゃんは手荒なことばっかりいうの、花のツボミのおせいさんに向って」

「何が花のツボミ。お前さんぐらいの年頃はザクロいうもんや」

「何が」

「知らんけど」

酒にする。何だか水をさされて仕事もできない。落鮎《おちあゆ》をこっとりとたいたものに、ひらめのお刺身がある、これでいきますか。

「——おっちゃんは、私ごときが雑文(小説をふくむ)など書いて売るのはつまらないことやというけど、ほんなら、大衆週刊誌、女性週刊誌はどうですか、新聞広告で目次だけ見ても、女優のダレソレが婚約した、結婚した、流産した、離婚した、と。慰藉料《いしやりよう》なんぼ、などとそんなことばっかり、つまらないこと書いてはるよ」

「そうやなあ」

とおっちゃんは、熱いお酒をひとくちすすり、

「つまらんなあ、けど、ほんなら、何がつまるか、いうたら何もあれへん。こんなもん載せなさい、という見本が、誰も思いつけへん。よって、みなああいうゴシップをよむ」

「そうやろ、だから、私が書いてても、つまらないことはないのです」

「いや、書くのはかまいませんが、飲む方も忘れてはいかんのです。ところが、現代は、仕事ばっかりして、飲むのん忘れてる手合が多い。子供でもそう。勉強ばっかりやかましィいうて、遊ばせるのん忘れてる」

「そういえば、昔は、都会の子も田舎の子も、よう、あそんでたね」

「あの頃でも、優等生で勉強のできる子はあんまり遊ばへん。そうして、勉強のでけへん子は、まる一日あそんでる」

私の育った大阪下町では、男の子はべったん（めんこ）や戦争ごっこをする。教室では小さくなっているが、いったん外へ出るとノビノビとして、跳び箱、懸垂、なんでもおとくい。

自転車の曲乗り、銭湯の風呂の中で泳ぐ、原っぱのキャッチボール、祭りの子供みこしを担ぐ、みんなうまい。

「私の方は田舎ですから、蛇捕りや、栗ひろいが、そういう子はうまい」

とおっちゃんはいった。

「そうして、そんな子も得意になれるように、昔はよく考えてあった、運動会ではそういう子は面目をほどこす」

「一等賞のノートや鉛筆をひとりじめしたりして」

ふだんは肩身せまい、勉強のできぬ悪童、ガキ大将が、その日は英雄である。ちゃーんと、うまく配分して、みんなが得意になれるように考えてある。その反面、教室の中でいばっている勉強のできる子が、運動会では、小さくなってる。不器用で、モタモタして、どんじりをよろよろ走り、彼は小さい胸を屈辱感でいっぱいにするのである。屈辱感は人生で必要なのだ。

「憎めない腕白、というのが昔はありましたなあ」

「ほんと。あんがい先生は、優等生より、そんな子の方を可愛がったりして。でも、そういう悪童連にかぎって、優等生と友達になりたい、と思ってる。優等生にべったんをくれたり、竹とんぼを作ってやったりして」

「鬼をもひしぐ腕白が、優等生にひそかに敬意をもっとんねん」

それで卒業しますね、すると、どっちが成功するか。

「往々にして、憎めない腕白ですなあ。町一ばんの雑貨屋のおやじ、一大スーパーのおやっさんになってて、町の名士。金も出来、人々にも好かれ、信用あり」

「片や、優等生はどうなったかというと、たいてい『若竹や思ったほどに伸びもせず』いつまでもぱっとしない、平サラリーマン。家のローンにおわれて、日暮れて道遠し、という状態」

クラス会なんかあると、昔腕白、今名士が、顔の利く料理屋なんか設営する。ちゃんちゃんと手はずをととのえ、することがそつなく、苦労人だからゆきとどく。

「恩師なんか招待する、すると恩師は優等生より、その腕白の方をようおぼえてはる」

「ハハァ、しかし、クラス会の挨拶《あいさつ》なんかは、昔の優等生に任したりしちゃって」

「そうそう。その代り、酒もって廻るのは腕白が口切り」

私たちは、さらにその先の人生を考える。

「腕白の子供は勉強がよく出来たりする。こういう、親が勉強できなかった人間の子にかぎって、トントン上へすすむ。東大京大に入って、親の自慢のたね」

「しかしそういう子は、自分の親をバカにしたりして」

「うん、わりに多いみたい、そういうの」

「自分が結婚するのに、教授の娘であるとか、財閥の娘であるとかえらんで結婚して、田舎町の名士、雑貨屋の親爺《おやじ》を恥じるのですぞ。そして親爺は一人淋《さび》しく死ぬ」

人間の一生は、こうしてみると廻《まわ》り灯籠《どうろう》のよう。

「せめて、いまこの瞬間を大事にして、さあ、飲みまひょか、どうせ、人間の先はしれてます。熱燗一本！」

おっちゃん、ここへくるまでに十分もしゃべってる。

——不純のすすめ——

共産党というのは、次々、フシギなことをいって、私をこまらせるものである。私なんかはつい、戦前的な感覚で共産党を考え、たよりにしたり親近感をもったりしているのに、どうも鼻先でピシャリと戸をたてるようなことをいう。あるいは、これは衣《ころも》の下にチラチラ見えかくれしていたヨロイが、表へむき出しに出たということなのかもしれない。

共産党は、私などの古い感覚でいくと、社会の苔《こけ》の生えた保守体質をくつがえし、すべてを革新するもので、性意識もその中に入るのだ。共産党は性革命の急《きゅう》先鋒《せんぽう》でもあるのだと信じていたのは、戦中派世代の無智蒙昧かもしれない。

昨年のポルノ批判もそうだが、こんども、性の退廃・放縦をいかんといっている。婚前交渉や同棲《どうせい》や、乱交や、フリーセックス、夫婦交換、同性愛、変態性欲などを容認しないといい、青少年に純潔をすすめている。

（青少年にすすめるくらいだから、むろん、中年にもすすめているのであろう。純潔でないのは中年の方がはなはだしい）

しかし、性の解放と、人間の自由、とくに女性の自由は密接なかかわりを持っている。

女がヒトリ立チして生きようとすれば、性の自由は手もとに確保していないと、やっていけない。

その際、どこまでが放縦で、どこまでがマジメなのか、規律や道徳などではかれるはずがない。

共産党議員の上田耕一郎氏は、

「婚前交渉でも、当人同士がマジメならさしつかえない。だが、現実の例はマジメでない場合が多すぎる」

といっている。しかしフマジメな結婚もあれば、マジメな同棲もあるので、結婚したからといって、マジメとは限らない。同じことをやって、役所の紙キレ一枚で評価がかわるというのは、偽善である。

私の友人のハイ・ミスにも、

「もう働くのん、しんどうなったし、いつまでもヒトリ身でいると肩身狭いし、しゃァないさかい、ちょうど縁談きたから、乗ってこまそ、思《おも》とんねん。子持ちのヤモメやけど、オッサン公務員やさかい、恩給つくし、家は自分のもんやし。ううん、何もあんなオッサンええ男やあらへんけど、口先だけチャラチャラ、べんちゃらかましといたったら、男なんて単純やからノボせとんねん。まあ、今が売りどきやろなあ」

なんていう、不純な結婚の動機もあって、いやもう実に、性の問題だけは一人一党で、様式がちがう。戦後三十年、やっとのことで、人それぞれに性の歴史と動態があるという認識がゆきわたったところへ、こういう大ざっぱな鉈《なた》をふるわれては、私は、こまるのである。

「ねえ、おっちゃん、まじめな婚前交渉ならいいけど、フマジメなのはいけない、と偉いサンはいいはるけど、交渉してる人々はみな、その時点では、マジメなんとちゃうかなあ」

私はカモカのおっちゃんにきいてみた。

ナニのソレは、フマジメでは、成立しないと思うものだ。その時だけは一生けんめいでないと……。

「マジメ、フマジメなんか、関係あらへん。ええ気持やから、するだけです」

おっちゃんはミもフタもない言い方をする。

それはともかく、私は純潔という言葉に、たいへんこだわってる。

純潔を、昔どおりの、「異性と交渉をもたない」「性を秘匿する」というひびきの純潔に使うのは、私はおかしいと思う。ここまで新しい世界にふみこんできた性の、現代的純潔は、「いかに異性と交渉をもつか」「性のいちばん望ましい使い方」を知ることにあるのではないか。

「ガスコンロの使い方や、電気ごたつ使用上の注意、などと同じように、具体的に注意した方が、よいです」

とおっちゃんはいう。しかし知りすぎて困るのと同じで、知らなくて困る子もいる。

私の友人の男に、女性を物心両面にわたって知らないという男がいて、結婚式までに大いそぎで、何十冊という本を読破していた。

女性論から、通俗医学書にいたるまで、あらゆる書物をやっきになってひもとき、結婚式まであと三日という日に、

「ああ忙しい、忙しい、あとまだ四冊よまんならん、間に合わへん」

と泣いていた。私が、

「すこしは女性が分りましたか」

といったら、よけいわからなくなったそう、とっても心配してた。この男、女《よめ》房《はん》に逃げられ、再婚したが、いま、それもあやしくなりかかって別居中、あうと泣き言ばかりいう。

かと思うと、男から男へ渡りあるいて困り者の女の子が、同棲中、子供ができて、すったもんだして籍なんか入れ、見よう見まねで赤ん坊にミルクをのませ、お正月は、子供に小ざっぱりしたベビー服着せ、洗い立てのヨダレかけをかけさせ、自分は帯がむすべないというので附け帯なんかして着物を着て、得々とあるいてる。ほんとうに世の中は、ラクなものだと見とれちゃうのだ。

こういうのを見ると、性道徳では何がマジメで何がフマジメか、わからない。ただ、大きな波みたいなものがあって、性の防波堤を越してしまうと、急にあたらしい視界がひらけたというか、あたらしい生き方が、いくつもひろがる、人生の可能性が示唆《しさ》される、ということが、あるように思う。だから不純のすすめを私は提唱したい。おっちゃんは目をむき、

「ナヌ？　とんでもないことをいうな、若い者には純潔をすすめるべきですぞ」

「へー。おっちゃんも純潔のすすめなの？　あきれた」

「いや、何やかやいうても結局、子供に面倒起こされると、親はおちついて酒が飲めんからや。青年に純潔守らせとくと、オトナはゆっくり酒のんで遊んでられる。つまりは、こういうこと。わかったか」

―ショウバイニン―

このあいだ私は、ある場所を飾り立てたいと思いつき、いつも自分が自分の好みでやってたんでは、マンネリである、ひとつ「専門家」のチエを借りようと思い立った。

だってそうでしょ。私がやると、どこでもいつでも、「ベルばらの間《ま》」ふうになってしまうのだ。人形やヌイグルミ、ごちゃごちゃしたオモチャ、愚にもつかぬキンキンモウモウの飾りに、気ままなコレクション、私は自分で自分の趣味に食傷してしまった。

そうして、一流デパートから人を呼んで、インテリアのアドバイスを受け、かつは彼のおすすめ品を買おうと思った。

すると若い美青年がやってきた。

私が一驚したのは、この男、どこがどうということなく、傲慢《ごうまん》無礼なのであった。口の利《き》き方から話のすすめ方にいたるまで、違和感を感じっ放しであった。

彼はあたまから、私の意向を問題にせず、自分のおすすめ品を頑として固守した。私は自分の趣味に食傷してるといっても、その趣味線上での「専門家」のチエを借りようというのであって、まったくお門ちがいのものを受け入れようというのではないのだ。

彼の提示したのは、物々しい大時代な高価な品物であった。私はしがない物書きで、銀行の頭取夫人じゃないんだよ。

「貧弱なる一族」の使う家具什器《じゅうき》に、「日本で五つとない」ようなシロモノが要るのかどうか。

私が難色を示すと、彼は、このバカ女メ、という口調で、説得しはじめた。

それで私は、思い直し、家具は毎年買い替えられるというもんではないから、などと考えていたが、そういう考えの下から、果してそのシロモノを買うには「週刊文春」何回分書かねばならぬのか、計算すると気が遠くなる気がした。

西洋の小説にはよく、インテリアデザイナーなんかがいて、依頼者の意向をきき趣味よく部屋を飾り立ててくれたりする。日本ではまだ、そんな商売はむりなのかもしれない。

こっちの好みをとことん知り、よくよく察するという時間もないし、手間もかけない。

それに若い子は、蓄積がないから、相手の嗜好や趣味を洞察看破する力がないみたい。

私の所へ来た青年も、型のごとき形式をアホの一つおぼえのように固執しているだけで、それを押しまくってくるから、大きに難渋した。家具ぐらい自由な組合せができるものはないのに。

そういえば、この頃は、この手の傲慢な青年がふえているように思う。若い女も可愛げないのがいるが、青年たちだって相当なもんである。

初対面の人間に対して、怖さを知らない。

何を考えてるか分らない未知の人間に、鼻っ柱の強い発言をして指図がましい風をみせ、それで自分ではちっとも傲慢無礼と思ってない。

だから、相手に拒否反応があると、どこまでも押し通そうとする。近頃は、一流デパートでも、店員の教育なんかずいぶん、いいかげんなものである。

私は、会社の社員教育について、こんなことを考えている。

縁談の仲介とか、交通事故の示談の調整なんかに、ずーっとそばへつきっきりで、モメゴトのさばきかたを見せるのだ。それも、プロなんかの仲介人はだめだ。テクニックばっかりに走ってしまう。そうして、それを見習う若者を、よけいワルにしてしまう。

素人で、けんめいに調停に奔走している人のそばに、つききりで見習わせる。紛糾をとりさばくには、口先だけのテクニックではだめで、マゴコロがないといけないし、マゴコロがあっても、表現が拙劣だとゆきとどかないし、そういう駆引を見習ってると、きっといい商売人ができあがるにちがいない。

くだんの傲慢青年も、たぶん、身近に見習う相手がいないのではないだろうか。私は大阪の商家に生まれ、商家に育ち、商家に勤めたので、物腰がやわらかでゆうずうの利く、人なつこい、あたまの低い商売人の男たちを見なれていたから、そのデパートの男にはびっくりしたのだった。

さりとて彼はサラリーマン風というのでもない。サラリーマンなら、口に上手はなく、事務的に商いするが、しかし上下関係のきびしいしつけを受けてるので、得意先には絶対に腰が低い。

しかしくだんの男は何といおうか、不良不動産屋、千三つ風というべきか、大道商人が客をなめて恫喝《どうかつ》して買わせる、といったふう、——まあ、私の男《いろ》じゃないから、べつにどうだっていいけど。

ただ、大阪では、「商売人」というと讃辞である。

それは、商売をしている人、という意味ではなく、人柄の謂《いい》である。あいての望むところをくまなく知り、こっちの要求も具体的に示して、どうかして接点をみつけようと押したり引いたり、進んだり退いたり、する。イロイロ試みて合致しなくてもあきらめず、

「ま、一服やりまほか」

とお茶なんか飲み、呼吸をはからって、また、小手しらべを再開する。そうしているうちに、相手の性質もクセも飲みこんでくる、こう攻めればこういうとわかってくる。だんだん、すり足で近づいて、これならどう、これなら、といろんな案を出す。それだけのことができるには、ムダ話をかなりしなければいけない。ムダ話をして、関心をつなぐには力量が要る。力量は人生の蓄積からしか、出てこない。

だから、大阪人は、そういう力ある男や女を、

「あれは、ショウバイニンや」

とほめたたえ、力量のない人を、

「あれは、ツトメニンや」

と貶《けな》す。

しかし現代には「商売人」が少なくなり、「大道商人風」になったのは残念である。而《しこう》してカモカのおっちゃんはみずからを「商売人」とよんでいる。ただし、それはご婦人に関してだけだそうである。鍋釜《なべかま》や家具は、よう売らん、といっている。

——四畳半判決について——

「四畳半襖の下張」がわいせつ文書であるという判決が出たが、ほんとに裁判官はこの小説をじっくり、読んだのかしら?

「四畳半」は、かねて有名な戯作《げさく》だったが読む機会がなく（普通の人間には手に入りにくい作品である。昭和二十五年にわいせつ文書とされているのだから）、雑誌『面白半分』に掲載されたから、私ははじめて読むことができた。

その点私は『面白半分』に感謝してるわけである。

私はこれを読んだときは、ちょうど春水《しゅんすい》の「春色梅児誉美《うめごよみ》」に惑溺《わくでき》していたので、その延長でスラスラとよめ、「梅児誉美」より格段にうまい文章だと思った。

それから、ここに出てくる女のお袖というのが、とてもかわいらしく、情があっていい。

この女は、しっとりして、女らしい女に描かれている。そうして、床上手《とこじょうず》で、自分も好色で、一心こめてそのことに励む、そういう無心の可愛らしさがよく出ている。

「此方は今方《いまがた》よりすこし好くなりかけて来たところ、此分にて気の行くまで行ひては、それこそ相手のつかれ嘸《さぞ》かしと、流石《さすが》気の毒になり、其儘相方ふきもせずうと〳〵一眠《ひと》り。目が覚めて顔見合せ、互ににつこり笑ひしが、其時女何と思うてか、小声にて、あなたも行つてときく。どうだつたかと笑へば、あなた人ばかりやらして御自分は平気なのよ、ほんとに人がわるい……」

というくだり、「互ににつこり笑ひしが」が、とてもいい。

つまり、これは、男女が交歓のあと「互ににつこり笑う」ような小説なのであって、淫靡《いんび》なものではないのである。

いや、現今では、なくなっているのである。

この小説が書かれた半世紀昔は、これをひそかに読んで、胸とどろかしたり、性的興奮にかられたり、羞恥嫌悪の念をおぼえたり、した人があるかもしれない。

そういう性的にまだ閉ざされた時代には、この小説は、

「春本」

と重々しくよばれるに価したろう。

官憲の目をかすめて、ひそかに人の手から手へ渡されるスリルとたのしみがあったろう。

ところが、いかにせん、現代ではこの程度の描写はすでにたくさん出廻っており、読者も慣れて目新しくなくなっている。更にすごいのも、町には氾濫《はんらん》していて、人々は一向におどろかないのである。

むしろ私は、

「互ににつこり笑ひしが」

に着目する。

こんな可愛い女は、ベッドシーン小説では中々出てこない。よく似たのには、今東光氏のそれがあるきり。

今氏の小説の愛欲場面に出てくる女は、みなしおらしくも好色で奔放で、それでいて可憐《かれん》で、何とも魅力ある存在である。

そうして、それが一心こめて男女歓会に身をやつし、ほしいままな悦楽に耽《ふけ》るとき、生の輝きは光を放つ。

生きているということは、何というすばらしいことだろう、という感じを抱かせる。

「四畳半」のお袖にしても、そうである。

好色可憐な女、というのは何と愛すべき女だろう。

今どきの人は、この小説に淫靡は感じないで、むしろお袖を通して、人間の解放された自由の輝きをみるのである。

それが五十年の間の社会通念の変化というものだ。裁判官や検事は、いったい、ほんとに「四畳半」を読んだのか。

人から中身をきかされて、クライマックスだけ読んだのではありませんか。そこを読んでも、これは格別、どうということなく、このまま、小説雑誌の巻頭カラーグラビアに載ったとしても、さしたる衝撃は、現代では与えられない。

性の前衛としての毒は、ほとんど、ないのだ。

性的毒性のないわいせつ文書なんて、あり得るだろうか。

私は、すんでから「にっこり」男と笑うような女が好きである。現代、「四畳半」よりもっと凄《すご》いポルノ小説はいっぱいあるけれど、そこに出てくる女は、雨天体操場で号令かけて体操してるようなのが多くて、すむが早いか、背を向けて銭勘定してるという風情。とてものことに、一心こめて好色にふける、という無心の女の可愛らしさはないのだ。

私はまた、考える。

「四畳半」に性的毒性はないのにわいせつと判定されたとしたら、それはほんとうは、裁判官も知っているんじゃないかしら。

今日び、このぐらいの小説はいくらもある上、むつかしい擬古《ぎこ》文で書かれた七面倒なこんな文章を、読解力の落ちている現代人がワザワザ、よんで衝撃をうけることはありえないのを、知ってるんじゃないかしら。

お上は、それよりも、

「互ににっこり」

笑うといった、心から歓会の契りをたのしんでいるノビノビした自由な心や生きかたを、人民がもつようになることを怖れているんじゃないかしら。

素直に性の楽しみを謳歌しはじめたとき、人民がだんだんいろんなものにも自由な判断をもちはじめるのを、こわがっているのじゃないかしら。

そういう意味でなら、私もまた、有吉サンにならってポルノを書くかもしれない。ただ、性的毒性だけを盛ってお上に楯《たて》つこうというのではなくて。

ラクロの「危険な関係」が出たあと、ニセモノの「危険な関係」や、あの小説を裏から見た異本・私本「危険な関係」がおびただしく出版された。このひそみにならえば、「互ににっこり」笑うような好色可憐なお袖が次々と男女歓会を謳《うた》ってゆく「続四畳半」「続々四畳半」が出るかもしれない。

平均的オトナのカモカのおっちゃんに、

「四畳半をよみましたか」ときいたら、

「さあ、読んだけど、忘れました」

といい、まあ、大ていこんな程度。

——愛といたわり——

サラリーマンは、定年後の身のふりかたを誰にいちばん相談するかというと、九〇何パーセントかが、「妻」と答えた、と新聞にのっていた。

中年の男は、ふかく妻をたのみにしているらしい。歴戦の戦友と思っているのだろう。

しかし、妻の更年期の変調を支えるのも、やはり夫であるらしい。

私の知人の夫人は禿《は》げになり、これも更年期の徴候か、ストレスの結果か、ともかく塗りグスリは必ず夫がつけること、と医師に指示されたそうだ。自分で合わせ鏡をして、三白眼になって、自分で塗布していてもよくならないそうである。妻は夫を頼りつつ、夫は妻を慕いつつ、現代のお里沢市は、禿げのクスリを塗ったり塗られたり、するのである。

夫に、禿げたところへシジミ薬を塗りこんでもらうと、外用的薬効に加えて、精神的内服薬の霊験《れいげん》あらたかであるそう。

「やはり、中年男女、心細いのかもしれない。互いに頼りあい、あてにし合う、これこそ、愛情かもしれません。人生中歳にして愛にめざめるのでしょうか」

と私がカモカのおっちゃんにいうと、おっちゃんは、いやな顔になり、

「それは愛と違《ちご》うて、いたわりやおまへんか」

と、徳利を傾けつつ、いう。

「いたわりと愛とちがいますか?」

「あたりき。いたわりだけでは×××でけへん。愛でないと、×××でけへん」

どうしてこうなんでしょ、この御仁。

せっかく私が、崇高なお里沢市の「夫婦愛」の話をもち出しているのに、スガスガしい心持をいっぺんにぶちこわしてしまう。なぜここで×××が出なければならんのだ。

「それは、ですな、男も女も、中年になると、相手が気に入らん、憎らしい、思《おも》てても今や、取りかえもならず、さりとてこっちも、新品と一からやり直すほどの気力もない、見れば女房《よめはん》の顔も、はや、肉落ち鴉の足あと刻んで、歯はぐ

らぐら、白いものはあたまにも鼻毛にももっと下にもある、そういうのをみると、鬼の目にも涙で、男もそぞろ哀れを催さずにいられない。イロイロ不足もいたい女房《よめはん》ではあるが、まあ苦労させたのもオレのため。そう思うと、おのずと、いたわりの心が生まれる。これをいうのです」

「そこで、なんで、愛になりませんか」

「うーむ。それがなあ……」

と、おっちゃんは、残念そうであった。

「どうも、女房《よめはん》あいてでは、愛にならへんからこまります。いかに責められようとも、愛が出て来《け》えへん。やはり、いたわり、という奴になってしまう」

おっちゃん自身、こまったようであった。

「たとえばこれ、ウチの女房《よめはん》に対しても、苦労かけたと思い、えらい老《ふ》けたなと思う、ここでしみじみ、愛が生まれると、女房は満足、自分も満足、結構毛だらけのええことずくめで、四方丸くおさまるのでありますが、いかにせん、ここで生まれるのは板割の浅太郎。禿げであろうが田虫・痔《じ》もちであろうが、いたわりの心からなんぼでもクスリはつけてさしあげる。もはや中年男は、おのが古妻に対して、赤十字的感懐を抱いている。家庭の中に待つ者は、仁と愛とに富む男。

毛むくじゃらに太き手をのべて、流るる血汐拭い去り、心の色は赤十字。——男はあんた、やさしいもんでっせ。今日びの若い男とはまた、ひとあじ違う、芯《しん》からのやさしみを、中年男は、古女房にもっとります」

「うーん、そんだけ、やさしけりゃ、それが、愛になったって、いいじゃないの」

私は、よくロマンチックな恋愛小説を書きたがるので、この際、何が何でも、中年男の板割の浅太郎を、愛にとり代えてしまいたい。

「なんでそんなに、うるさくいう。いたわりではなんでいかぬ」

おっちゃん、ふしんそう。

だって。

いたわりでは、男はデキナイもんだ、といったではありませんか。

「何が」

何がって。そんなこと女にいわせんの。

「ハテ。はっきり聞こうやないか」

おっちゃんのいじわる。アレやないの。

「あ。×××」

やたら、そういう語を発しないで下さい、淑女の前で。

「おせいさんがいわせたがるのやおまへんか。何といわれようと、いたわりが、愛に変化することはない。愛は、やがて必ず、いたわりに移り変っていきますがね。そやから世の夫という夫、離婚せんと保《も》ちこたえていく。いたわりにならへんなんだら、九九・九パーセントまで、男はみな離婚しとるやろう。それに、もう女も、中年になって、ジタバタしてはいかん。見苦しい。つつしめ」

私、だんだん、腹が立ってくる。

何でかわからない。おっちゃん図に乗り、

「いたわりを男に示されれば、もうそれだけで満足し、感謝せよ」

そうかなあ。女は、何だか、いたわりだけでは物足りません。つまらない。

かつ、侮辱されてる気がする。

「そこが、いかん、ちゅうねん」

おっちゃんは教えさとすごとくいう。

「ええかげんに、おしとねすべりの心得を持つべきです。そうしてこの際、僕は声を大にして提唱したいが、なぜ人は結婚式ばかり盛大にやるのか」

「葬式も盛大です」

「あかん。結婚式と葬式のあいだに、おしとねすべり式もせな、いかん。閨房《けいぼう》ご辞退披露宴というか」

「夫婦そろって」

「あほ、むろん女だけの式です」

ちっとも、いたわりになってない。

――おしとねすべり式――

このあいだカモカのおっちゃんが、「女も、中年以後ともなれば、おしとねすべり式をせな、あきませんなあ」といってから、私の身辺はにわかにさわがしく、ソヤソヤという男性、何いってんのさと反撥《はんぱつ》する婦人、にぎやかなことである。

おっちゃんは、賛同者が多いのに気をよくしているが、私は、ほかの大方の婦人連と同じく、男はしないのに、なぜ女だけがおしとねすべりをせねばならぬのか、そこが腹立つ。

「理不尽ですわ、なぜ男もしないんですか、年とるのは同じことやありませんか」

「いいや、それは同じにはなりません」

おっちゃんは自信ありげにいう。

「たとえば女の節句は、女だけの祭ですからなあ。それと同じでございます」

「だって、男かて、男の節句があるやないの、五月五日の端午《たんご》の節句。ちゃんと釣合がとれるようになってるのとちがう？」

「男の節句は、これは別物。男だけのものゆえ、ひな祭と一緒にはなりません。性質がちがう。男の節句は、男の壮大な夢をかきたてよ、という意気軒昂たるロマンです。女はそこに関与でけん仕組みになってる。足柄《あしがら》山の金時《きんとき》、鍾馗《しょうき》、ヨロイカブト、女はのせない鯉のぼり、男臭芬々《ふんぷん》です。そこへくると、女の節句のひな祭は、男雛女雛で一対になってる」

それは、まあ。

「女のオヒナサンだけでヒナ壇に飾れますか、そんなん見たことない。女の祭は男がいてこそ祭になる」

「だって、あれは美的景観の問題でしょ、だからというて、女は男が居らないと何事もはじまらないなんて理屈つける人、私、嫌い」

「まあ待ちなはれ、女の子が生まれると、周囲はよろこんではじめてのひな祭、初節句というてお祝いする」

「ハイ、ハイ」

「女の赤ん坊が、やがて美しき乙女に成長し、良縁に恵まれますようにという親心、女の幸せはよき伴侶《はんりょ》とめぐりあうことです。誰ですか、『餅上げて娘うれしきひな祭、桃のあたりにこぼす白酒』と詠《うた》いあげたのは。実に名歌ですなあ」

「なるほど」

「やがて好配偶を得、喜びも悲しみも幾歳月、時うつって今や無残凋落の女の人生。ひな祭が女の人生の春とすると、中年・初老婆は女の人生の秋」

「何をッ」

「たとえば『枯れ枯れて霜もさびしきすすき原　婆《ばば》の彼岸《ひがん》だ声を菊月』——などというのはどうですやろ」

「誰やッ。そんなこというやつ」

「ひな祭を女だけで祝うのですから、終りの花火も女だけで打ち上げてほしい。初節句に対し、片や、終い節句」

いいや、私は承服できない。

それは片手おち、というものであろう。

なんで女だけが終い節句をせねばならぬ。古い日本語でいくと、「めおと」は女夫とかくのだから、婦唱夫随で、女が終い節句にするなら、夫も共にしたがうべきです。

私がふくれたので、カモカのおっちゃんは、ここで私のご機嫌を損じては、お酒をご馳走して貰えないとばかり、

「よろしい、よろしい、ほんならまあ、男も終い節句にしてもかめへんわ、どっちみち復活節句というのもあるやろし」

「何か、いうた？　いま」

「いや、こっちの話」

でも、どうしてワザワザ人前で声あげて、おしとねすべりをお披露目《ひろめ》しなきゃいけないんでしょ、そんなもの、いつとなく自然に・こっそり・ひそかに・何となく・人魂《ひとだま》のシッポを曳《ひ》くがごとく・朧《おぼ》ろげに・スーッと・消え消え、枯れ枯れになっちゃう方がおくゆかしいやないの、何も人さまに知らせ、天地神明に誓うことはないと思う。

「ハテ。それこそ理不尽、では、結婚式はどうなる。これからやりますということを人さまに知らせ、天地神明、神仏に誓うではありませんか」

とおっちゃんはいい、

「はじまる時のキマリをつけて、終るときをきちんとせえへんのは、片手落ちと

いうものです」

「でも、なんか、はずかしい」

「それでよう結婚式がでけますな。大安吉日に新幹線なんか乗ってると、停まる駅ごとに、花嫁花婿をかこんでバンザイ三唱してる。こだまなんかへ乗ると、停車駅が多いから、たんびたんびに聞かされる。あれが恥ずかしィ無《の》うて、おしとねすべり式が恥ずかしいか、リクツに合わんことです」

「いったい、どんなことするんです」

「バンザイ三唱やりますか、もし仲人がその時まで生存してれば、仲人の手から夫婦に表彰状を授ける」

「三十年勤続の表彰ですね」

「来賓スピーチ、祝電、おしとねすべりケーキにナイフを入れる、みな結婚式と同じ、ちがうのは、結婚式は初夜にハッスルしますが、おしとねすべり式は、前夜にハッスルします」

「まあ」

「今夜で最後と思うから、どんないがみ合《お》うてる夫婦でも、どんなに心が離れ離れになってる夫婦でも、しみじみと情を交す」

「そうかナー。かえってもう最後やから、せえへんのとちがいますか。心静かに、一服の茶を喫《きっ》してこし方《かた》ゆくすえを語りあう……」

「あほ。なんで女はそうキレイごとをいう。それはもう、結婚以来はじめてといいうほど、しみじみと、おこなうでありましょう」

「でもそうなると、未練が残らないかしら。おしとねすべり式は延期、てんで、そのくり返しで死ぬまでいっちゃわないかしら?」

私が嬉しくなっていうとおっちゃんは、いやーな顔をした。

解説

酒井順子

二十代の頃、母が私に、

「お父さんが、『順子には田辺聖子さんのような作品を書く人になってほしい』って、言ってたわよ」

と、ささやいたことがあります。下ネタも全く辞さず、というか大好きで、知性のかけらも見られないエッセイばかり書いていた私。親としては、「若い娘が下ネタだなんて。田辺聖子さんのように、知的かつユーモラス、人生の深みを感じさせるような文章を書くようになってほしい」と思っていたのでしょう。父の願いももっともだ、と私は思いながらも、「好きなものは仕方がない」と、せっせと下ネタを書いておりました。

しかしこの本を読んで、私は思いましたたね。田辺聖子さんだって、書いておられるではないの下ネタを！　それもこんな赤裸々に……と。我が父はこのことを知らなかったのか。「いらう女」を、父の墓前で朗読してあげたいくらい。

が、ニヤニヤしながら本書を読んでいると、気づくのです。下関連の題材ばかりここでは取り扱っているというのに、全く下品ではない。良質の油でカラリと揚げた天婦羅のように、全く胃にもたれないのです。

週刊文春に連載されたこのエッセイ、読者はきっと、楽しく軽く読んだことでしょう。「なるほど女はそんなことを考えて（もしくは「して」）いるのか」、と。

読者はまた、「田辺さんもきっと、軽く書いているのだろうなぁ」と思っていたような気がするのですが、それは違うと、私は思う。天婦羅職人は、事も無げに天婦羅を揚げているように見えますが、そこには周到な準備と熟練の技があるもの。「下ネタを書く」という行為もそれと同様、題材を吟味する目と、卓越した技がなくては、これほどカラッと軽く仕上がるはずがない。

下ネタというもったりした題材を軽く仕上げるための技は、本書のそこここに隠れています。まず第一にあげられるのは、大阪弁でしょう。柔らかな大阪弁を織り交ぜることによって、直截的に書いたら目もあてられないような題材も婉曲に表現して生臭みを抜いたり、ユーモアの粉をまぶすことができる。これはもう、大阪弁ならではの効果です。

粉をはたいたところにつけられるのは、知性の衣。下ネタというのは大変に柔らかな素材ですが、時に漢語的表現で、そして時に古典知識で包んで表現するため、仕上がった時には、中の柔らかさとカリッとした衣の歯触りの差が絶妙。しかし知性という衣は厚ぼったくないので、全く嫌味も無い。

粉をはたいて衣をつけただけでは、終りません。最後に絶妙な化学変化を与えるのは、いつも酒を片手にふらりと現れる中年男性にして、このエッセイの中でカモカのおっちゃんは、カモカのおっちゃんの存在です。このエッセイの中でカモカのおっちゃんは、男性側の代表となっている。名料理人・田辺聖子によって下準備がなされた題材は、カモカのおっちゃんという油の中に投入されることによって、じゅわ〜、パチパチと音をたてます。女の生理がわからない男、男の気持ちがわからない女。反発と非難の応酬がまた、面白いことこの上ない。

しかしそれが単なる誹謗中傷のやりとりではなかったことは、出来上がった天婦羅ならぬ一篇のエッセイを読めば、よくわかるのでした。下ネタが持つたっぷりとした水分は、高温の油によって適度に抜かれ、さくっとした歯触りに。しかし咀嚼してみればやっぱり、素材が持つ弾力やねっとり感はしっかりと味わうことができる。男と女が出会うことによって起こる化学反応は、互いをおとしめ合うのではなく、引き立て合っていたことがわかり、美味しくてページをめくる手が止まりません。

私達はこのエッセイを読んで、男と女は永遠に理解し合うことはできないということを、再確認します。しかし、相手のことを理解できないからこそ、そして理解しようと努力し合うからこそ生まれてくる妙味というものもあることを、知るのです。下関係のお話をこれだけ読んでも読後感が爽やかなのは、男性をこてんぱんにのしたりせず、雌雄を決しないからではないか。男も女も「どっちもどっち」ということを確認し、勝負は引き分けに。

本書を読み終え、気持ちの良い満腹感に浸っていた私。「ああ、美味しかった」と思いつつ気づいたのは、かつて父が言いたかったのは、「下ネタを書くな」ということではなく、「どうせ書くならそんな身も蓋も無い書き方でなく、田辺聖子さんのように、心に沁みる下ネタを書きなさい」ということだったのではないか、ということ。ああお父さん、あなたが言いたかったことが今、やっとわかりました。さくっとした食感の下ネタが書けるように精進します、泉下で見ていてくださいね……と、心の中で手を合わせた次第です。


（エッセイスト）

本書は以下の四冊よりセレクト・再構成したオリジナル文庫です。
文春文庫『女の長風呂』
『女の長風呂Ⅱ』
『イブのおくれ毛』
『ああカモカのおっちゃん』
（一九七一～一九七七年「週刊文春」連載分）
構成・沢村有生

文春文庫

女《おんな》は太《ふと》もも
エッセイベストセレクション1

定価はカバーに
表示してあります

2013年3月10日　第1刷
2020年3月5日　第10刷

著　者　田《た》辺《なべ》聖《せい》子《こ》
発行者　花田朋子
発行所　株式会社 文藝春秋

東京都千代田区紀尾井町3-23　〒102-8008
TEL 03・3265・1211㈹
文藝春秋ホームページ　http://www.bunshun.co.jp

落丁、乱丁本は、お手数ですが小社製作部宛お送り下さい。送料小社負担でお取替致します。

印刷製本・凸版印刷
Printed in Japan
ISBN978-4-16-715347-2

（　）内は解説者。品切の節はご容赦下さい。

阿川佐和子
「聞く力」文庫2
アガワ随筆傑作選
今度は「語る力」です！　お嫁さんを夢見る少女が日本を代表する仕事人になるまで、エッセイで辿るアガワの激動（？）の人生。秘蔵写真公開。（中江有里）
あ-23-23

浅田次郎
君は嘘つきだから、小説家にでもなればいい
裕福だった子供時代、一家離散の日々で身につけた習慣、二人の母のこと、競馬、小説。作家・浅田次郎を作った人生の諸事が綴られた文章に酔いしれる、珠玉のエッセイ集。
あ-39-14

浅田次郎
かわいい自分には旅をさせよ
京都、北京、パリ……誰のためでもなく自分のために旅をし、日本を危うくする「男の不在」を憂う。旅の極意と人生指南がつまった、笑いと涙の極上エッセイ集。幻の短篇、特別収録。
あ-39-15

安野モヨコ
食べ物連載
くいいじ
激しく〆切中でもやっぱり美味しいものが食べたい！　昼ごはんを食べながら夕食の献立を考える食いしん坊な漫画家・安野モヨコが、どうにも止まらないくいいじを描いたエッセイ集。
あ-57-2

朝井リョウ
時をかけるゆとり
カットモデルを務めれば顔の長さに難癖つけられ、マックで休憩すれば黒タイツおじさんに英語の発音を直され。『学生時代にやらなくてもいい20のこと』改題の完全版。（光原百合）
あ-68-1

安西水丸
ちいさな城下町
有名無名を問わず、水丸さんが惹かれてやまなかった村上市・行田市・中津市・高梁市など二十一の城下町。歴史的事件や人物の逸話、四コマ漫画も読んで楽しい旅エッセイ。（松平定知）
あ-73-1

五木寛之
杖ことば
心に残る、支えになっている諺や格言をもとにした、著者初の語り下ろしエッセイ。心が折れそうなとき、災難がふりかかってきたとき、老後の不安におしつぶされそうなときに読みたい一冊。
い-1-36

（　）内は解説者。品切の節はご容赦下さい。

伊集院 静

伊集院静の流儀

危機の時代を、ほんとうの「大人」として生きるために——。今もっとも注目を集める作家の魅力を凝縮したベストセラーが待望の文庫化。エッセイ、対論、箴言集、等々。ファン必携の一冊。

い-26-18

伊集院 静

眺めのいい人

井上陽水、北野武、色川武大、松井秀喜、武豊、宮沢りえ、高倉健など、異能の人々の素顔が垣間見える、著者ならではの交遊録。大ベストセラー『大人の流儀』は、本書があってこそ生まれた。

い-26-19

宇江佐真理

ウエザ・リポート　見上げた空の色

鬼平から蠣崎波響など歴史上の人物、私淑する先輩作家、大好きな本、地元函館での衣食住、そして還暦を過ぎて思いがけず得た病のことなど。文庫化にあたり、「私の乳癌リポート」を収録。

う-11-20

江國香織

やわらかなレタス

ひとつの言葉から広がる無限のイメージ——。江國さんの手にかかると、日々のささいな出来事さえも、キラキラ輝いて見えだします。読者を不思議な世界にいざなう、待望のエッセイ集。

え-10-3

小川洋子

とにかく散歩いたしましょう

ハダカデバネズミとの心躍る対面、同郷のフィギュアスケーターの演技を見て流す涙、そして永眠した愛犬ラブと暮らした日々。創作の源泉を明かす珠玉のエッセイ46篇。（津村記久子）

お-17-4

奥田英朗

どちらとも言えません

サッカー後進国の振る舞いを恥じ、プロ野球選手の名前をマジメに考え、大相撲の八百長にはやや寛容？　スポーツに興味がなくても、必読。オクダ流スポーツで読み解くニッポン！

お-38-7

岡田光世

ニューヨークの魔法の約束

大都会の街角で交わす様々な〝約束〟が胸を打つ、大人気シリーズ第七弾。くり返しの毎日に心が乾いていたら、貴方も魔法にかかってみませんか？　文庫書き下ろし。（加藤タキ）

お-41-7

（　）内は解説者。品切の節はご容赦下さい。

岡田光世
ニューヨークの魔法のかかり方
どこでも使えるコミュニケーション術を初めて伝授する第八弾。笑いと涙の話に明日へのパワーを充電できて英語も学べる！　女優・黒木瞳さんとの対談を特別収録。カラー写真満載。
お-41-8

大宮エリー
生きるコント
毎日、真面目に生きているつもりなのに……なぜか、すべてがコントになってしまう人生。作家・大宮エリーのデビュー作となった、大笑いのあとほろりとくる悲喜劇エッセイ。（片桐　仁）
お-51-1

大宮エリー
生きるコント2
笑ったり泣いたり水浸しになったり。何をしでかすか分からない〝嵐を呼ぶ女〟大宮エリーのコントのような爆笑エッセイ集、第2弾。読むとラクになれます。（松尾スズキ）
お-51-2

大宮エリー
思いを伝えるということ
つらさ、切なさ、何かを乗り越えようとする強い気もち、誰かのことを大切に想う励まし……エリーが本当に思っていることを赤裸々に、自身も驚くほど勇敢に書き記した、詩と短篇集。
お-51-3

川上未映子
世界クッキー
読んだあとはどこか世界が変わってみえる――体、言葉、季節、旅、本、日常やあれこれ。『乳と卵』で芥川賞を受賞し、話題作を発表し続ける川上未映子が放つ、魅惑のエッセイ集。
か-51-2

川上未映子
きみは赤ちゃん
35歳で初めての出産。それは試練の連続だった！　芥川賞作家の鋭い観察眼で「妊娠・出産・育児」という大事業の現実を率直に描き、多くの涙と共感を呼んだベストセラー異色エッセイ。
か-51-4

河野裕子・永田和宏
たとへば君《きみ》
四十年の恋歌
乳がんで亡くなった歌人の河野裕子さん。大学時代の出会いから、結婚、子育て、発病、そして死。先立つ妻と見守り続けた夫。交わした愛の歌380首とエッセイ。（川本三郎）
か-64-1